藏一座城在书里，藏一段时光在心间。

烟袋斜街几经修复，依然留有明清传统风格。那些店铺，前面是门店、后院是住宅的建筑形式和北京其他街道一样，让人嗅出洋溢着浓郁北京特色的气息。

烟袋斜街的重逢

这次来感觉时光变得柔软了，老门牌斑驳的痕迹都有了新韵味。望着老旧院落里的青砖青瓦，看不清上面是否有岁月的尘土，但从那简朴的风景中，似乎看到了一幕幕摇曳在阳光下的前尘往事。

菊儿胡同

寂静的空间里，传来翻动书页的声音，一个小姑娘小心翼翼地踮着脚走回楼梯台阶坐下的那一幕被我看到了，我们俩人相视一笑，心里盛开出一朵花儿。

韬奋书店里坐着读梦

终究，是艺术家们改写了 798 的定义，给了 798 一个无拘无束的艺术世界，给了我们一个艺术无限的构想空间。

798 艺术区探『艺

人都说：夕阳是一天的尾声，老年人是人生的冬季。是这样吗？日出日落，时光流逝。我怎么没有从这对老人脸上看到衰老的神态？我分明从他们淡泊宁静的目光里寻觅到了属于他们自己不朽的诗句。

在使馆区一角看夕阳

追思过往，情落两广大道。一缕情愫，在宽阔的街面上回旋。

广安门护城河

通过人造星空模拟表演，我们触摸到了流转千万年的岁月。星座万年的变化，都在眼前发生着。所有的想象，都在这绚烂星空里随性释放出来。

隐藏在天文馆里的一缕情思

闲笔识京华

华静 著

中国旅游出版社

统　　筹：周华诚
责任编辑：王佳慧　胡一鸣
责任印制：冯冬青
封面设计：中文天地
插　　图：丁静娟

图书在版编目（CIP）数据
北京　闲笔识京华 / 华静著 . -- 北京 : 中国旅游出版社 , 2022.1
（一人一城）
ISBN 978-7-5032-6892-2

Ⅰ. ①北…　Ⅱ. ①华…　Ⅲ. ①散文集 – 中国 – 当代
Ⅳ. ① I267

中国版本图书馆 CIP 数据核字（2022）第 000926 号

书　　名：北京　闲笔识京华

作　　者：华　静　著
出版发行：中国旅游出版社
（北京静安东里 6 号　邮编：100028）
http://www.cttp.net.cn　E-mail:cttp@mct.gov.cn
营销中心电话：010-57377108，010-57377109
读者服务部电话：010-57377151
排　　版：北京中文天地文化艺术有限公司
印　　刷：北京金吉士印刷有限责任公司
版　　次：2022 年 1 月第 1 版　2022 年 1 月第 1 次印刷
开　　本：889 毫米 ×1194 毫米　1/32
印　　张：6.25
字　　数：111 千
定　　价：49.80 元
I S B N　978-7-5032-6892-2

与一人，踱一城
（出版说明）

一座城，伫立在历史长河边，披着时间的柔光，看岁月流转，世事变迁。它静默不语，却内涵万千。它的故事，远非走马观花、匆匆打卡可以领略；而是要点一炉香，温一壶酒，与它对坐，慢品细读。

“诗和远方”并不是“生活在别处”，所谓的“别处”，亦是彼岸人家的日常烟火。一座城的故事里，历史波澜壮阔，山川沧海桑田，在彼时彼刻，都是一户户人家寻常日子的点点滴滴。

“爱养心识”，才能“策发神解”。当我们奔波在现代生活的高速轨道上，需要不断地回溯来处，以便汲取滋养心灵的能量，明晰未来的道路和生活的方向。“一人一城”系列即着眼于个体对城市的品读、体悟，每个城市邀请一位当地文化名人作为“向导”，深入城市风貌、历史风情、过往人物，以及街巷市井、在地美食、时下生活。作家用微温的笔触，带领读者深入城市的角落，行走之间，让一座城市的气质、气息、气韵自然浮现出来。我们相信在这样的个人视角中，一座城市在漫漫光阴里沉淀下的温暖，将会浸润和拥抱我们的此时此刻。

本系列的作者们，都在当地生活多年，对他们所在的城市有深刻的体验、观察，他们与那座城市耳鬓厮磨，读城，读人，读生活；文字里不减其厚重，又添如许亲切与灵动，字里行间，处处贴着地气，洋溢着生活的细节与微光。而这也是我们所特别珍视之处。相信这个系列，将带给读者不一样的阅读感受。

2021 年推出的三本书定位为“诗意栖居 × 人间烟火”，分别为鱼丽的《上海　海上风情录》、金泓的《苏州　吴门酒一杯》、吴卓平的《杭州　钱塘风物好》。

2022 年推出的三本书定位为“悠悠古意 × 市井人家”，分别为华静的《北京　闲笔识京华》、周水欣的《南京　金陵深深处》、谢伟的《成都　锦城诗酒花》。

它是一场雪就可以穿越到北平时代的古老帝都，它是全球政治、经济聚焦的国际都市，它以文化遗产和现代地标将千年文明与潮流文化承载一身，它又在悠悠胡同中掩映着京味人生。古老与现代、传统与流行、高大上与接地气，北京几乎兼容并蓄着我们可以想到的各种城市特质。华静以生活笔触撩开了这座城市的大气面纱，从京城名家、外国友人、黄发垂髫等不同人的角度入墨，在闲游细走间描摹出一幅润着晨昏光晕的京华烟云图。

六朝烟云诡谲，秦淮歌声婉转，近代战火纷纷，民国风云变幻，繁华与苦难，文化底蕴与市井生活，其间种种都被南京这座伟大的城市融冶于一炉。当代的南京并没有追赶北上广的高速发展，而是保持着一种悠悠然的现代化节奏。这座城在周水欣的笔下，就像“雪白粉嫩，丰满小巧，笑起来甜津津”的表姐走过青石小巷的背影，娉婷、鲜活。

从兵家必争的“天府之国”到游人如织的“网红城市”，从杜甫的草堂和诗篇到当代的创意都市和新兴玩法，古蜀人的文明底蕴，穿越千年，化成了蓉花落在宽窄巷子上的一抹剪影、盖碗茶里揉碎了的日光。谢伟写都江堰，写三星堆，写泛着青铜光泽的岁月斑驳；也写午夜小巷“鬼饮食”的麻辣鲜香，写青城后山落雪日赏梅打酒待客来的闲情逸致，那是独属于成都的诗、酒、花。

“与一人，踱一城”。我们可以在书里，跟随一位当地文化名人，去翻阅一座城市的前世今生，我们也希望你能和生活中很重要的亲人、朋友、伴侣，慢慢地踱过一座城的街头巷尾，去触摸时光在那里留下的斑驳痕迹。

在人人向往“诗和远方”的时代，我们希望旅行不是一场出走，而是一次通过文化细读实现的生活回归。这也是在文旅融合背景下，我们对“城市旅游”的一种期待。如果说“乡村旅游”要唤起的是人与自然的和谐，那么与之相对应的“城市旅游”，要追寻的，则应该是生活与心灵的平衡。

“一人一城”丛书编辑部

2022 年 1 月

目　录

第一辑 >>

胡同风范

HU

TONG

FENGFAN

东四十三条97号院

东四十三条，位于东城区东北部，呈东西走向。

东起，是东直门南小街，西止，是东四北大街。东四北大街东侧的各条胡同排序，排到这里是第十三条，因而得名。

明朝时，东四十三条属南居贤坊，分为两段。东段，称慧照寺胡同；西段，称汪家胡同。民国后沿称。

整条胡同全长 700 多米，宽约 8 米，沥青路面。路两边除停车区域，就是行车行人的路了。电线杆子十几米一个，在胡同上空形成网状。街道还没有进行环境治理前，大门外临街的地方堆满了杂物。外墙上，那些电表箱一个挨着一个，像极了传说中的电信场所。

这条胡同里曾经住过的名人，如果不刻意去挖掘，没有人会在意。清代高官汪由敦就在东四十三条 81 号四合院居住过。汪由敦何人？安徽休宁人，清雍正二年（1724 年）进士，以庶吉士迁内阁学士，直上书房。历任尚书、军机大臣、协办大学士等要职。他博学多识，去世后，乾隆皇帝赋诗怀旧，还命将其书排次上石，名《时晴斋帖》。

汪由敦的《行书临苏轼春帖子词轴》纸本行书是北京故宫博物院珍藏品。

1990 年后，浙江金华籍著名诗人艾青迁居到这里。东四十三条 97 号院，熟悉的人，在看过这个门牌号后，就知道这里是艾青老人的家。1996 年，艾青去世以后，其夫人高瑛一直没有搬离。

那是 2013 年的一个周六，97 号院里阳光明媚。我和中国副刊研究会的几位同人到此拜访高瑛阿姨。从那以后，我就一直和老人保持着联系。

如今，微信里留语音，成为我和阿姨之间交流的最好方式。因为，阿姨的眼睛前年做过手术，看手机屏幕上的字有些吃力。

整个院子不是太大，但整理得清爽、利落。院子里有一棵玉兰树，高约 5 米，高洁挺拔。

“这棵玉兰树，是我和艾青在 1990 年从浙江移植过来的。三十一年了，每天我都会看看这棵树，看到它就想到艾青。”

2021 年已经八十八岁的高瑛阿姨，每每和人说到艾青，依然那么动情。虽然已是耄耋之年，满头银发，却乐观豁达、风趣幽默。

去年疫情期间，她发语音说她牵挂着我，当时我也居家办公，听见老人的声音特别感动，本应该是我先问候她的。

那一段时期，我们都被疫情“隔离”在一栋栋楼房里，顶多跑到阳台上透个气。可阿姨有个院子，她可以坐在院子里晒晒太阳、活动活动腿脚。一想到此，心里很安慰。

那个院子，四面都有房子，形成一个“回”字形结构。南面房子的左边东墙外就是大门洞。大门是褐红色的，外面的砖墙是灰色的，整个院落格局从外观上看，显得端庄大气。

坐北朝南的房子，是堂屋。左面有一侧房，右面有一侧房，南面，也就是临胡同的那间房子是书房，陈列着字画和书籍，正面墙的桌子上当时还摆放着艾青老人的雕像。

沿着堂屋的屋檐，搭建起一条盛满阳光的玻璃走廊。走廊上，养着几盆偌大的植物。记得我和阿姨的几张自拍合影就是在这里拍的。两个人都被正午的阳光刺得眯着眼，但分明流露出笑意。合影还在手机相册里，偶尔翻来看，还会被我们当时的神情逗笑。

偌大的北京城里，这个干净、单纯的小院，闹中取静。

2005 年的春天，高瑛阿姨为自己的小院写了一首小诗：

我的小院 / 方方正正 / 像一幅立体画 / 镶嵌在城市中 / 院外车水马龙 / 院内格外清静 / 花有香　树有荫 / 鸽群在上空盘旋 / 忽高忽低 / 时隐时现 / 发出悠扬的哨声 / 坐在小院里 / 白天看多姿的云 / 夜晚看月亮星星 / 感觉生活在画中

2006 年 3 月 27 日，艾青生日。高瑛阿姨把自己对艾青的思念写在了玉兰花开的时候：

艾青 / 我要告诉你 / 院中的玉兰树又开花了 / 这是你最喜欢的花 / 因你　我更加爱护她 / 我无法留住你 / 却守住了玉兰花 / 漫长的十年消逝 / 花　越开越繁华 / 阴阳界相距不知多远 / 也许　只是一步之差 / 在玉兰花开的三月 / 你踏着月光回家吧 / 看看不尽思念的我 / 也看看盛开的玉兰花

2010 年春天，还是在院里那棵玉兰树花开的季节，高瑛阿姨写了一首诗，题目是《给我一个梦吧》。在这首诗里，她表达了对艾青一往情深的爱：

斗转星移十四年 / 艾青　你在哪里 / 苦苦思念 / 无处寻觅 / 总是自己问自己 / 白天　我坐着你的沙发 / 夜里　我睡在你的床上 / 处处没有你 / 又处处有你 / 要是你还活着 / 那该多么好 / 我会像影子似的 / 围着你转来转去 / 如今　我们俩天各一方 / 你看不见我 / 我也看不见你 / 给我一个梦吧 / 让我们相逢在梦里 / 我对你说说我 / 你对我说说你

东四十三条 97 号。要找到这个门，是很需要探索一番的。它红色的大门很普通，路过的人们不会过多在意，但在知情人眼里，这个门牌号本身就是文化指示牌。

或者，你可以不知道这个门牌号，不知道这个院子和一个著名诗人有着多么深远的关系，只是从它门前路过，既近也远地看它一眼，就有一种感觉：好像站在这里，就能和北京所有的胡同对话一样。

记得，有一次去东四十三条 97 号院看望高瑛阿姨，坐在门口晒太阳的一位老人提示我说："按门铃吧，家里有人。"

水墨画里的四合院

曾有人这样说过:“一个城市的灵魂，并非钢筋水泥。”

或许是基于这种认识，西班牙水墨画画家夏尔·乔德龙不觉得老的东西、旧的东西就是落后的。

1996年，乔德龙放弃了在法国的律师工作，来中国北京定居，其创作生涯从此进入一个崭新的阶段。他的水墨画创作独树一帜，摒弃了色彩，借助中国的绘画工具（毛笔和墨）以黑、白两色表现大千世界。

他在北京居住了十年。这十年间，他穿梭于大小胡同。

他用画笔勾勒出老北京胡同和四合院的神韵，让许多中国人尤其是北京人知道了老房子、老院子的价值，同时，知道了北京旧城的价值。

他习惯叼着一个大烟斗，背着一个大画夹子，找准光线好的地方和角度，对着那些破旧的老门楼、老牌楼坐下就画，一画就是大半天。

2006 年 3 月 21 日，乔德龙收到我寄给他的报纸，给我打了一个电话。他惊奇地问我：“你写得好快，你怎么写出来的？我说的你都写了吗？”

我写乔德龙，不仅因为他爱画北京的古建筑，还因为他作为一个西班牙人，如此热爱和钟情中国传统文化，让我对他另眼相看。

那天，和我坐在一起的乔德龙眯着眼睛，笑意盈盈地看着窗外过往的行人，说，他就喜欢这样聊天似的采访。

一个老外，在北京胡同里画画。起初，有居民围观，后来见他经常来，又只画他们每天低头不见抬头见的街景和老建筑，也就不再打扰他了。

他说他舍不得放下画笔，一刻也不想。长时间坐在那里画，痴迷程度可见一斑。

慢慢地，一到吃饭的点儿，就有居民给他送来水和饭菜。有时还会有一碗热腾腾的饺子和一瓶啤酒。乔德龙说，他走过不少国家和地区，但只有在北京的胡同里，才有这么让人备感温馨的亲切关怀。居民们那么自然地给予了他这个“老外”一份亲情般的感受。北京人对乔德龙的友好也让他更加热爱这座城市，更舍不得离开令他神往的胡同。

他和北京四合院、胡同的缘分是从 1996 年的夏季开始的。

那时，乔德龙刚踏上北京的大地，就对这里的历史和人文环境一见钟情。

一个月的观光考察，竟彻底改变了他的人生轨迹。

他决定到北京来，“换一个环境好好思索一下自己的人生”。

初到北京时，为了生存，乔德龙一边画画一边卖画。他现在很后悔当初卖掉了一些画，因为那些画面都随着推土机的轰鸣声消失了。

南池子 18 号。他长时间地徘徊在这里。这所老房子的每一片瓦、每一处镂花，都各有特色。他感叹，北京人的生活中无不体现着一种很实在的美。

北京，成为他艺术灵感的来源，中国笔墨，成为他唯一的创作工具。

乔德龙说，他表达感情的载体有两种。一种是语言，另一种就是画。

在北京的十年，乔德龙亲眼见证了这座城市的发展过程。

“整体的北京”，是他作为一个外国人对北京的概括。在他眼里，北京就是一个有着三千余年历史的活的博物馆。甚至罗马、巴黎都无法和它相比。尽管罗马也有两千多年的历史，但它是零散的，而北京是一个整体。

乔德龙几乎走遍了北京的老城区。从鼓楼大街、什刹海到南锣鼓巷、前门外，甚至在北京住了一辈子的人都没有去过的胡同、四合院，也都留下了他的足迹。

如果只看乔德龙的画，你肯定会以为作者是个中国人。因为画面上的京城旧景、大杂院、老牌楼都那么原始、形象。而这一切，的确是一位“老外”所画。

乔德龙的画里没有人出现，却让人感到了人与人之间的和谐和友情浓浓地蕴含其中。难怪有人评价他的画作时说：“显现出一股淡淡的诗意。”对此，乔德龙说，他的目的只是想将那些美好的事物记录下来。他以一个外国画家的眼睛观看、理解着胡同、四合院等北京独特的文化遗产。

乔德龙的画讲究的是光线、色调，明暗间就把那些不久就要消失的东西收藏到记忆的世界里。

一座座四合院，一条条胡同，一扇扇朱漆剥离的大门，数百年历史积淀的北京，历经朝代更迭的时代变迁，让乔德龙觉得，他在借助这一切记载一个个古老的故事，这些写满沧桑的古迹，似乎更能直接牵引人们的视线，穿越时空，行走在历史的甬道上。

后来，他不再把自己的作品当作商品。

他以饱满的热情创作出朴实无华的画面，用情感的纽带把自己和现实的北京联系在一起。他那蕴藏在画面里的浓浓深情，无疑为作品的感染力和生命力增加了分量。

乔德龙笔下的北京胡同，带给我们的不仅仅是市井生活中的原貌，更有深层次的艺术享受。画面只是一个背景，更多的是他在描述北京的生活细节。通过画北京，他知道了北京建筑的故事，知道了北京人经历的真实生活。是北京的胡同感动了他，之后他又让自己笔下的胡同感动了北京人。

乔德龙于 2002—2004 年期间，在故宫作画，他是第一个获得这种特殊许可的外国人。他抓住这难得的机会，用中国的水墨，画故宫建筑。

2004 年，他的这些画在欧洲结集出版。他说，故宫那么美丽、那么古老……我愿意用我的画笔把它记录下来，同时让欧洲人了解它们、理解它们。

那天，乔德龙告诉我，他要离开北京了，但不会离开中国。说不定哪天，在中国的某个地方，又会传来他的电话和消息。

果然，他又回来了。虽然还没有联系，但我从网上看到了他更多的画作——

他画过北京建于公元 1068 年的大觉寺；他画过七百多年间香火鼎盛的法华寺；他画过古庙智化寺和万佛阁前的那棵百岁古槐；他画过位于烟袋斜街 37 号的广福观；他画过马可·波罗曾经造访过的卢沟桥；他画过被人称为“京杭大运河的第五道闸门”的八里桥；他画过桥面弯曲呈弧形的银淀桥；他画过西直门外的高梁桥；他画过北京最古老的遗迹之一的积水潭；他画过曾被棚户区围困的火神庙；他甚至还画过日坛的汉白玉石桌、石凳……

他用心地画，想用画笔留住这些平凡质朴的民间建筑。

就连墙根下那个半身陷在路基下的石磨盘，也留在了他的画纸上。

烟袋斜街的重逢

当南锣鼓巷的名气越来越大的时候，烟袋斜街作为其周边的一条小街，在不远处静静地想着心事。

从烟袋斜街出发，朝北，沿着地安门外大街走 101 米，稍向右，转进鼓楼东大街走 300 多米，右转，进入后鼓楼苑胡同前行即是南锣鼓巷。用时也只有二十多分钟。

十年前，2011 年三八妇女节那天，我们四个女友相约在烟袋斜街聚集，然后走到南锣鼓巷，游览个把小时后，又走回烟袋斜街。

十年后，2021 年三八妇女节这天，还是我们四个女友，相约在烟袋斜街重逢。每个人手机相册里，都留着十年前的合影。于是，按照当年留影的站位，在当年留影的每一个地方重新演绎了团聚的画面。

如今，谁都说不明白当年我们为什么选择在烟袋斜街约会了，细想，还是因为这里仅有 200 多米长的街道能够让我们彼此关照吧。宽只有五六米的街面，不是太直，呈东西斜形走向。东起地安门大街，西到小石碑胡同。

从写着“烟袋斜街”的牌坊走进去，向西，走到与大石碑胡同交道口，向西南折向，然后，再向西走到北折向，最终与小石碑胡同相遇，西侧连接着鸦儿胡同。

街面两侧，是风格各异的店铺门脸，多经营有老北京特色的手工艺品：旱烟袋、水烟袋等烟具，古玩字画，丝巾，手编制品以及民族风十足的纪念品。街道周边，有很多饭店和旅店，还有其他外贸小店。

我们四个每人举着一串糖葫芦，看见折纸翻花的小物件更是走不动路。不看年纪，只看心情。我们暂时从繁忙的工作环境中突围出来，得半天空闲，实在难得。虽然看见稀罕物件和食物，年轻的女友们依然会想着买给家里的老人和孩子，但那份由衷的喜悦终究需要有同龄人分享。

排队吃午饭，排队买糖饼，排队站在后海街边上照相。最有趣的，是站在店铺门口抓拍。我们四人就有几张站在人家门脸房前的照片。从表情上看，如果十年前的模样呈现出的是好奇，那十年后流露出的神情就是欣赏。

钟情于在烟袋斜街走一走，其实也间或有喜欢这里朴素的老北京北城风格的意思。

《光绪顺天府志》记作“烟袋斜街”。清朝初期，称这条街为“斜街”。清朝末年，改回“烟袋斜街”，一直沿用至今。

有人介绍这条街时，总是很简洁地说，那是位于什刹海前海东北的一条小巷，是北京最古老的一条商业街。

街道不长，街面不宽，却吸引着那么多的游客在此逗留。

特别是逢节假日，人潮涌动，看的是人不是景。偏偏，人们就喜欢这样拥挤着，虽是一步挪一步走，但脸上流露出怡然自得、无比享受的神情。老街的历史气息，新时代游客的寻觅，融合在一起，情怀悠长，使人静享走在这条街上的分分秒秒。

过去，未来，都在这不怎么长的街上，一眼望不过来。神秘感，诱惑力，勾勒出每扇窗里、每道门里的时光和情感，定格一种说不明白的魅力。

走到街尽头，便是后海和前海之间的一座银锭桥。

烟袋斜街几经修复，依然留有明清传统风格。那些店铺，前面是门店、后院是住宅的建筑形式，和北京其他街道一样，让人嗅出洋溢着浓郁北京特色的气息。

十年前，我们来过。今天，再来。

恍惚穿越到了从前。无论世界如何变化，这条不足 300 米长的街道，总是携带着古老的商业味。那种地理文化上的印记不是单单一句“古老的文化街”所能诠释周全的。

当代诗人叶宝林先生游览烟袋斜街时，写下了一首七律《烟袋斜街》:

后海波寒柳雾凉，一根烟袋点残阳。
银桥可载西山重，老店犹飞爆肚香。
梦落鼻壶闻烂醉，魂游瓦巷转悠扬。
斜街更比烟竿短，几步明清岁月长。

2010年，烟袋斜街被国家有关部门授予“中华历史文化名街”称号。这意味着京味文化、民俗文化都将重新集聚到这条街上来。

在这里，听到两个词，叫“修旧如旧”“整旧如新”。严格说，后者之于烟袋斜街更合适。那些站在店铺前的游客，无不是在拍玻璃橱窗里陈列的摆设，其色彩、造型、格调、情怀……无不透露着时尚元素和民俗气息混搭的美。

春暖花开的季节，换上色彩明媚的衣装，再一次感受走在烟袋斜街上的清新明快，目击流行，速递休闲，玩的状态，也是一种境界。

心心念念，总觉得我们这次的重逢实现了一个梦。十年后的相聚，为下一个十年约定了再聚的时间。就做个闲人，在这街面上寻得一方宁静。

光影华年，新的照片有了新的表情。那些记不住的细节，奔跑在彼此的牵挂中。在烟袋斜街牌坊下分手时，四个人，说一说，停一停，舍不得马上离去。

好在，不用再等十年，我们约定，改为一年一聚。

不复存在的劈柴胡同

那年，我们去劈柴胡同看望住在那里的五姨。

北京西单商场往北，一条东西走向的胡同就是劈柴胡同。

这里属于老城区，平房，胡同，四合院，这样的格局“塑造了北京人的气质”。开门见天，出门问安，进门有庭院，关门人情暖。

五姨住的四合院门前，还有棵大树。进大门的时候，当时我年幼的儿子喜欢门前的台阶，坐在那里不愿意起来。同院里的几个孩子在树下玩，很热情地招呼我们:“去谁家？你们找谁？院里的人家我们都熟悉。”

四合院里虽然杂乱拥挤，但住在里面的人精神头儿十足，气势不凡地走在街上，从里到外透着自信和满足。遇到问路的，恨不能徒步直接带人家到目的地。

外面显得乱，但五姨家很整洁。老两口儿家里的每一件家具、每一个摆设都有讲，就连窗台上摆着的鸡蛋壳画工艺品，都是五姨的佳作，仿佛这个家里的一根草都是宝，有着深厚的情感渊源。

薄薄的鸡蛋壳上，画着娇媚的仕女、花草和小溪。“那是我画的。”曾经在工艺品厂做美工的五姨，最得意的就是她这些作品。我们临走时，她送了我们一个，有底座，有玻璃罩。也许是因为感知到了其中的内涵，我们立时对居住在这院子里的人产生了敬意。

因为，住在这里的每一户，虽然都是普通的人家，却都揣着百般才艺，不只是为了养家糊口，还有在胡同文化的浸染中，一点一滴的影响，一枝一节的教育，一事一情的熏陶。

当时，我们感慨，本来很好看的四合院，因为乱搭乱建，失去了本来面目。一个院子，本来就住一两户人家，可现在足有八九户。

哪怕住得再拥挤，人们已习惯了彼此之间的相依相靠。那时，没有人会想到有一天会离开这样的生活空间，没有人会想到这里的一切会没有了踪迹。

胡同的街面那时已经拓宽了。从原来的 4 米多拓展到了 40 多米，俨然一条大街了。从西单北大街一直向西，延伸到太平桥大街。

五姨一家从何时居住在劈柴胡同的，我没有考究过，也没有问过。据说，“劈柴胡同”是原来的名字，1905 年 5 月 16 日，天津人臧佑宸在这一带开办了一所学校，叫“京师私立第一两等小学堂”。从那时起，他就将“劈柴胡同”正式改为“辟才胡同”了。

辟才，开辟人才之路。臧佑宸亲自谱写校歌：“辟才，辟才，劈柴胡同中。苍苍，菁菁，槐柳兼柏松，是何处？私立第一两等。开辟人才，开辟人才，胡同著其名。”

总是听人说，劈柴胡同有个传说，我们好奇的同时，从字面上也可以理解：劈柴嘛，名字出处当然会和劈柴有关联了。

传说，明朝大将徐达进京后，把原来元大都的内城往南改迁了一些，因此，这一带的人口便增加了很多。以打柴为生的张姓人家就是这个时期搬来的。张家的人每天出门打柴，然后劈柴拿到市场上去卖。他们家虽不富裕，却还过得去。大儿子叫张大，很会过日子，脑瓜也灵光。他长大后，就开了一个劈柴厂，经营有道，慢慢地就把日子过红火了，还盖起几座大房子。

邻居看到张家的劈柴厂有了好销路，也都跟着做起劈柴生意。随着迁入人口越来越多，劈柴市场生意越来越好。

后来遭遇过一场火灾，但没有影响这一带的劈柴生意。经营木材的地方不止这一处，胡同南面不远，有一条名叫大木仓的胡同，在明朝洪武后期，与劈柴胡同形成阜财坊。清朝时，划归镶红旗，改称为劈柴胡同。

用专家的话说，整个明朝一直到清朝的中期，劈柴胡同都是穷人家多，少有高官富户。但也有例外。

说慈禧的娘家就曾住在劈柴胡同。据此，有专家推测，慈禧太后或许就出生在劈柴胡同。也正因此，劈柴胡同成为了一条有名气的胡同。

这条胡同中，先后开办过许多学校，像殖边学堂、北京筹边高等学校、女高师附中、师大女附中等。学校的集中，带动了周边住宿和餐饮生意的发展。

后来，国画大师齐白石曾在劈柴胡同住过，当代著名学者张岱年也曾经在这里住过，就连京韵大鼓名家刘宝全的茶社也设在了劈柴胡同。

劈柴，辟才，都是互通的名字，可五姨他们还是从心里认可劈柴胡同的称谓。

任谁也不愿意离开。可是，还是离开了。

后来劈柴胡同拆迁，推土机将这条胡同的东、西、南、北都变成了残垣断壁。后来，五姨一家被安置到了洋桥一带的楼房里。

再后来，偶尔看到北京电视台播放“记忆”栏目，说的是“咱北京的胡同”。节目组把北京人艺的演员王长利老师和京味儿作家刘一达老师请到节目中，说他们都是从劈柴胡同里走出来的地道老北京人。老街坊，老邻居，数十年后再次相聚，一见面自然开心无比。

刘一达老师说，劈柴胡同是一条大胡同，这条胡同里有十几条小胡同。

主持人插话说，曾经这里着过大火，没想到却让劈柴胡同成为越烧越旺的胡同。

还原过去的故事，依然那么动情，依然那么动人，只是，劈柴胡同已不复存在了。

什刹海的『封面』设计

十年前，我写了短篇小说《夕阳船》，发表在《草原》杂志上后，被《小说选刊》选登。我的小说，就是以什刹海的后海起笔的。

“我知道自己坐在后海西沿那个叫作水冰的酒吧的外面时，心里想的全是另一个国家的景色。我无法不去想。没有理由，只是觉得此时这里傍晚的格调和氛围很熟悉，似曾相识。”

就是熟悉，熟悉到似曾相识。

远方每有来客，我都会带着他们来此一游。各色北京小吃，各等酒吧、书吧，各种世界面孔，都汇聚到这中心城区。什刹海与中南海水域一脉相连，是北京内城中唯一一处水域开阔的景区。加上风貌保存完整的一片历史街区，在北京城规划建筑史上，占有独特的地位。

什刹海为燕京胜景之一。包括前海、后海、西海（积水潭）

三个水域，曾经，也写为“十刹海”，是因为四周原有十座佛寺。著名的《帝京景物略》中，以“西湖春，秦淮夏，洞庭秋”来赞美什刹海的景致。

这里，古建筑多，名人故居多。恭王府，是北京保存最完整的清代王府，堪称“什刹海的明珠”。庆王府，是当时京城最华丽的王府之一。这里还有钟鼓楼、关岳庙、广化寺、银锭桥、汇通寺、棍贝子府、涛贝勒府、醇亲王府、烟袋斜街、梅兰芳故居、郭沫若故居、宋庆龄故居……

曾经在什刹海居住过的文化名人有元代大书法家赵孟頫，明代文渊阁大学士李东阳、米万钟及诗人三兄弟袁崇道、袁中道、袁宏道，清代大词人纳兰性德等。

有红学家认为，恭王府花园就是大观园。有考证甚至说曹雪芹的旧居似乎也在这里。

从书本上得来的知识，让我了解了不少相关人物和建筑的故事，在什刹海实地对接时，自然有熟悉的感觉。

说到什刹海的“封面”设计，就要说什么是什刹海的“封面”。在我心里，就是那一片水域。给这片水域设计一张名片或海报的话，应该是一面镜子及镜子里的过去和现在。

压缩，聚焦，回放，只看这片水。

没有大的波澜，即使有风，那粼粼的水面也透着深沉。

风和日丽时，水面上有蓝天和白云；傍晚时，有大块的彩云，水面的细腻柔美反衬出天空的恢宏壮阔。

走在水边，不去想任何与它无关的事，只看水。

这就是什刹海的魅力。无论周边多么嘈杂，无论来往的人是否倾情于它，它都是安静的。只有当你站定，坐下来，才能和什刹海对视。它没有奢望你给予赞美，而是单纯地接纳你的亲近。

虽然周边吃饭的地方很多，但什刹海周围的环境真的不适合吃饭。至少，我愿意它是永远超脱的。在凡尘，近凡尘，又超出凡尘。

因了这片水域，会想到寸间希望和万丈距离，传奇就在我们的生活里。有人把音乐看作自己生命的疆土，有人在另一个街口等待风来，有人漫步河沿体验北京的春天……

一片水域，它的存在比任何蓝图都重要，它的存在才是北京西城最美好的封面形象。

你看，你看，什刹海的水。对于过去的段落，什刹海或许都已经遗忘。但许多许多人，都会把它当作折叠起来的一段往事，在世界的任何角落滋养自己。

格调的塑造，没有形状，却真实具体。

记忆摇曳，被什刹海绕住了心。日记、周记、扉页故事、封面故事、照片故事……当新的一天开始的时候，不知又有多少人来到什刹海，寻觅北京的过往。

这片水域，是广角镜头，把什刹海周边层层叠叠的人情世故和着水面上鸟儿翅膀的拍打声渐渐地收纳。

在南锣鼓巷走走停停

“中央戏剧学院竟然就在南锣鼓巷里？您怎么不早告诉我呢。”

看着那张兴奋的、充满青春活力的脸，觉得似乎真的不应该事先不告知她。她这次来要看的好像不再是南锣鼓巷，而是将视点迅速转移，关注起中戏大门里走出过哪个明星。

所以，在南锣鼓巷的街面猝不及防地听到这样的消息，她眼睛亮了。看到我们笑她见异思迁的眼神，她赶忙回到原点，说：“南锣鼓巷，南锣鼓巷。重新锁定目标，往前走。”

南锣鼓巷，是北京东城区的一条很古老的街道。街道不宽，仍保持着元大都街巷、胡同的规划。南口在店门东大街，北口在鼓楼大街。始建于元朝，南北长约 1000 米，东西各有八条对称的胡同，整齐地排列在两侧，从外形看犹如一条蜈蚣，所以又名“蜈蚣街”，是北京市重点保护的四合院街道。

中央戏剧学院的校址就在东侧的东棉花胡同。因此，南锣鼓巷也逐渐成为最时尚的胡同。

只有南锣鼓巷，只有这里的胡同四合院，能有如此整齐的老北京胡同的格局。怀揣着这样的想法去看每一处风景，多了一种联想，并在这联想中升华了对老胡同的认识。

胡同，曾是北京老城的脉络。如今，虽然不是北京的全部，但也被人称作“当代北京的珍贵的饰品之一”。这美誉不俗，悠然旷达。匆忙时光里，守护着老城的春秋，安静地滋养着平淡的情绪。

每一天来南锣鼓巷游逛的人络绎不绝。即使不是节假日，也是如此。在这条胡同里，各式各样的商店都受到游客的关注。它们有着老北京胡同特色的氛围，从而显出一种天然的诱惑。

几个打扮时尚的小伙子，跳跃着走过，他们没想走进任何一个商店，却总把好奇的目光投过去，哪怕一闪，都能感觉“走过的愉快”。

年轻人来南锣鼓巷是追寻一种时尚，年纪大点的人来这里是拜访老胡同的风貌，间或重温老北京的旧时光留下的痕迹。

当然，人们都有各自的理由来到这里。只是，无论谁来，看到的都已经不再是南锣鼓巷原来的模样了。改造，翻新，修缮，仿古，加上生意兴隆的奶茶店、西式糕点店、酒吧，总是提醒着游客，“新”能融于“旧”。

这里是时尚与传统的交会地，是最具创意文化的胡同。说不清是新地标还是老地标。它保留了最完整的传统的建筑，翻修后依然保存了老北京特有的韵味，所以能够吸引文艺青年来此聚集。

平缓地，走走，停停，想从现实的店面中找寻昔日同一个位置的模样。心里想着:“这里曾经是……”

就这样一路走过，只看热闹，处于一种漫不经心的状态，悠闲的半天时光很快就过去了。

可是，毕竟有一些有心人，借着游览获取历史知识。

元代将大都城规划为五十坊，今南锣鼓巷的位置正是“昭回坊”和“靖恭坊”两坊之间的分界巷。明代将北京内城分为二十八坊，将“昭回”“靖恭”二坊合并，称“昭回靖恭坊”，南锣鼓巷的位置正是该坊的南北中心线，巷名为“罗锅巷”。据说，此名有可能是从元代沿袭而来的。

清乾隆十五年（1750 年）绘制的《京城全图》已将明代的罗锅巷改称为南锣鼓巷，并将鼓楼东大街中段路北与南锣鼓巷相对的街道称为“北锣鼓巷”。

清初，南、北锣鼓巷均属镶黄旗。清廷规定北京兵、民分城居住，八旗兵住内城，汉民等住外城。如此推论，南北锣鼓巷的定名，应早于清乾隆十五年。

当时，南锣鼓巷既有大户世家，也有不少小户市民，巷内的小商号也兴盛起来。不出巷子，吃的、用的一应俱全。

粮店、菜店、油盐店、肉铺、面铺、酒铺、豆腐房、煤铺、砖瓦麻刀铺、黑白铁铺、喜轿铺、医馆药铺、裱糊铺、理发铺、成衣铺、绱鞋铺、绒线铺、文具店、茶馆、当铺……虽然规模都不是太大，但足有三十多种行业。

南锣鼓巷周边东西南北十六条胡同，过去皇亲国戚云集，如今是北京胡同文化网红地。许多在官府里做事的人、文臣武将、文人墨客，都曾经将家室安排在这里住，民间留下不少传奇佳话。

走进巷内，东边的第三条胡同就是东棉花胡同。这里隐着许多四合院，房屋设计带点现代味。有人家居住。院里搭着小厨房，有一葡萄架上果实累累。幽深，宁静，好一方小天地。

这里还有一座清末将军的宅子。虽说这座宅子如今已看不到当年的气派，但从留下的老门楼上看，称得上是北京城雕刻技艺最缜密、最精到的砖雕拱门。

在北京，老人们更愿意说“这是咱普通老百姓生活的地界儿”。可说这话的老人越来越少了。随着时光流逝，许多民间传说都跟着老人们走了。好在，他们也给后人留下了宝贵的有关南锣鼓巷的文案。

“看到这条胡同里的人潮，我被惊着了。”这是几年前春节期间小米说的话。她刚从云南过来，就嚷着先去南锣鼓巷吃小吃。我们很纳闷，别处的老北京小吃都很有特色，怎么非要去那里吃小吃呢？不远的什刹海边上就有很多老店，想吃什么没有啊。

“因为我的男朋友就是在那里吃的。”这个理由站得住。

远方来客都钟情的地方，故事为王，情怀至上。

如果不是陪客人，我们或许还真的不会刻意到此一游。这里人多如潮，原本就少有空闲，又怎会将有限的闲暇时光投入这里来呢。

说归说，还是不虚此行。这次来感觉时光变得柔软了，老门牌斑驳的痕迹有了新韵味。望着老旧院落里的青砖青瓦，看不清上面是否有岁月的尘土，但从那简朴的风景中，似乎看到了一幕幕摇曳在阳光下的前尘往事。

重游南锣鼓巷，谁能找到自己以前走过的脚印？

再想一下，或许还会再来的。

第二辑 >>

指尖时光

ZHI

JIAN

SHIGUANG

韬奋书店里坐着读梦

读书的时刻，是飘着梦的。低头阅读，温柔，安静，深情。

许多我们在现实中望不到的地方、想不到的思想、抓不住的感觉，都在读书的时候收获了。潜意识里接收了这些积极的信息，挽救了我们说不明白的理想，也在我们承担了太多的忧郁、烦恼和压力之时给予了我们绵长的温暖。

这也是我愿意坐在书店里在一本本书里读梦的初衷。总感觉，是那些藏在字里行间的表情和凝视，关怀着我们的人生。

每到北京三联韬奋书店去一次，离不开书店的那种感受就更深一层。如今，韬奋书店在北京已经有了两家分店，除了近东四大街街口的美术馆店总店外，三里屯太古里开设有一家分店，海淀王庄路也开了一家分店。

北京民间流传着一种说法：中华书局不是局，商务印书馆不是馆，三联书店不是店。事实还真是这样。三联书店并不是一家书店，而是一家出版单位。准确地说，三联书店是一个三个机构的总称，分别是生活书店、读书出版社、新知书店。

说到韬奋书店，就不能不联想到邹韬奋先生。

这个祖籍江西、生于福建永安的出版家，也是近代著名的记者。1931 年“九一八”事变后，他在上海全身心投入抗日救亡运动中。曾与沈钧儒、厉麟似等人组织成立了上海文化界救国会。1936 年 12 月，国民党为了扑灭国内的抗日烈火，逮捕了正在领导抗日救亡运动的救国会领导人沈钧儒、邹韬奋等七人，酿成七君子事件，遭到全国人民，包括宋庆龄、何香凝等社会名流的强烈反对。邹韬奋出狱后，辗转重庆、汉口、香港继续开展爱国救亡工作。1943 年因患耳癌秘密返沪治疗。1944 年 7 月 24 日不幸逝世于上海。

他离开人世间时只有四十八岁，可他的思想和家国情怀至今还在。江西有他的全身塑像，上海为他建有“韬奋纪念馆”，以他名字命名的“韬奋新闻奖”是中国新闻界的最高奖项，后与“范长江新闻奖”合并为“长江韬奋奖”，用以表彰全国的优秀先进新闻工作者。1985 年 11 月 5 日，我国发行了志号为 J・122 的《邹韬奋诞生九十周年》纪念邮票一套两枚，以此纪念邹韬奋先生。2009 年，邹韬奋被评为 100 位为新中国成立做出突出贡献的英雄模范之一。

邹韬奋，原名邹恩润。韬奋是他主编《生活周刊》时所用的笔名。之所以选用这个笔名，意在自勉。他曾对好友说：“韬，是韬光养晦的韬，奋，是奋斗的奋。一面要韬光养晦，一面要奋斗。”

《生活周刊》在当时成为宣传团结抗战、谴责投降卖国的舆论阵地。1933 年 7 月，邹韬奋前往欧洲，开始了他第一次的流亡生活。他先后考察了意大利、瑞士、法国、英国、德国、苏联和美国，搜集了大量的宝贵素材，把沿途的见闻做了记录。

两年的海外漂流和实地考察、参观学习，使得邹韬奋的思想有了很大进步和提高，他逐步将自己的立场、观点转到马克思主义方面来。

邹韬奋一生追求真理、追求光明，办刊物，办报纸，办书店，提倡并践行的主旨是“竭诚为读者服务”，他的爱国思想就是韬奋精神，他那种新闻工作者所具有的讲真话、不畏权势的精神就是韬奋精神。

全国解放前夕，中共中央做出对三联书店的指示，并高度评价了邹韬奋所做的工作：“三联书店与新华书店一样是党领导之下的书店。”

这就是邹韬奋与三联书店的渊源。

在韬奋书店里坐着读书，可以延续韬奋先生的梦想。

“读什么？”总会有这样的问题出现。

身份、背景、人生阅历不同，选择的书籍自然不同，而捧着纸质书总给人一种沉甸甸的文化质感。

读书的镜头，留住了每一个让我心动的瞬间。那书中的思想灵魂，总在召唤我，我把自己当成一道风景挂在风里，挂在书店里。

以前周末，我们总喜欢去位于美术馆东街22号的那家店。书店共有三层，地下一层文学作品居多，买书的人不多，看书的人不少。选好一本书，坐在楼梯台阶上，或坐在地上，安静地看。有人喜欢在书店里坐一天，我就这样“坐”过。

一种耐人寻味的氛围中，没有人打扰，也没有人催促，只要想看书、想读书，这里就是乐园。所以，常见有些中学生把自习课也搬到了这里，不到天黑不回家。

读书，让我得以把自己想象成一棵小树，那种与作者相印心的时刻芳菲了无花无草的原野。

在繁华的三里屯太古里开的那家分号，也是北京文化人常常光顾的书店。周围环境喧嚣，而书店就像其中的一方净土，隐在这里，暗香浮动。这里，书籍种类达两万余种，计划藏书五万册。让人印象深刻的，是那有着独特设计的弧形走廊以及通天书架。还有两层交错的“工业风黑色铁栏杆”，不少时尚的年轻人总爱在此留个影。

以前，我们会带几个面包，灌好一瓶水，在书店一坐就是一天。现在，书店一侧就是咖啡厅，有读者喜欢的那种温馨气氛，渐渐成为京城知识分子和文化人士愿意小聚的雅座。

三联韬奋书店之所以有吸引力，能成为京城著名的书店，源于书店的环境特色和经营特色。书籍涉猎面广，别的书店没有的书，说不定在这里就能淘到。装修设计时尚，却没有显现出浓浓的商业气息，书店外熙熙攘攘，书店里安安静静。

这里还是全天24小时不打烊书店。是从2014年4月18日晚开始的。

午夜时段，书店里灯光明亮，蕴藏着温暖而充实的能量。在立体环形廊道坐下来，和着舒缓的抒情曲，有一种典雅的神秘感。年轻人逛街逛累了不肯马上回家，就来此购书读书。他们永远在猎奇，走在流行的最前沿，但是，在浏览过五光十色的各式商品风光之后，也心甘情愿地把自己的时光献给充满文化意义的书店。

令人惊喜的回归，不只是坐下来读书的画面，还象征着另一种风格、另一种流行。是一种贴近人心的成长分享——从宛如灵魂老歌一般的书香中展现一种努力。

之前，手机还没有像现在这样普遍的时候，地铁里的乘客还有人在看书看报，现在，这种情况少之又少了。于是，我一直保存着在机场候机时拍下的一个女孩读书的画面。

在欧洲旅行时，喜欢留意人家的书店。尽管文字不通，但还是喜欢逗留个把小时。在法兰克福一个车站书店里，那些琳琅满目的书籍、杂志和报纸，从墙角直到屋顶，几面墙都占满了。仅仅一个普通的书店，那种陈列就颇具视觉冲击力。

回到北京，发现越来越多的书店应运而生。但在我心里，韬奋书店的魅力丝毫不减。

我以为，读经典，可以让人保持热忱，让人心中容得下天下，容得下道义，容得下友情、爱情、亲情。这真的让我受益。跟着经典拾级而上，我知道了什么是温和谦恭，并发现和接近自我的本真。

一本好书，能让我们跟着作者的思想继续向前走。作者打拼过后得出的人生感悟会产生令人意想不到的共鸣，不知不觉中萌生出一种超越生活本身的理解。如此看来，人们在任何时候都需要交流，有了知识和生活体验，将它们糅合在一起就有了智慧。

更多的是借助经典的作品想起了记忆中暖暖的岁月。搜索记忆，没有终身美丽的文本。以细节成就出的完美，不过是时间段上的符号。记录这些符号是一种跨越，也是对一种文化积淀出来的特别韵味的打磨。有丰富细节的书就是一本好书，是需要用心珍藏的。

所有的渴望和期待也正是借助经典作品的力量，表达出一种纯粹的向往。

“别老看闲书。”这几乎是很多家长提醒孩子的话。

然而，有一天，我收到了一个读书活动的邀请函，主题是：闲书中能读出怎样的历史？

这是 2006 年春天的一个周末，活动在北京朝阳区朝外大街关东店附近的一个会所举行。主办方是《生活家》悦读俱乐部。万通地产董事长冯仑主讲“闲书的读法”,《非常道》编辑余世存主讲“今天怎样读历史”，来宾和主讲人互动环节时说“我从闲书中发现的历史”。会场席位只限定八十人，座无虚席。

“每一栋房子，都像一只放逐在太平洋上的船。”这种理念，很适合解析读“闲书”的作用。博览群书和迎海筑屋，都是和自然环境有机交融，铺以上千株珍稀热带树木，流露出天人合一的和谐之美。只不过，那种从起点开始的超越，自己还不知道而已。

读书会引导着人们“枕着太平洋呼吸”，无论是在中国海口西海岸，还是在北京的读书会，抑或是在韬奋书店，谈论读闲书的场地蕴藉着无限趣味。

读书，就如同读自己的梦。那感觉如同涓涓流水、微微和风、柔柔细雨，静静地滋润和抚慰着读者的心灵。晨曦中，昨夜的书香还没有散去，黎明时分的清新气息又弥漫了身心。

寂静的空间里，传来翻动书页的声音，一个小姑娘小心翼翼地踮着脚走回楼梯台阶坐下的那一幕被我看到了，我们俩人相视一笑，心里盛开出一朵花儿。

有时，书店里的人都快走光了，我还没有放下手中的书。为争取时间，我近乎一目二十行地翻阅着，脚就像长在了那里，一动不动。

我真的喜欢站在这里、坐在这里的画面。感受着书香的气息和味道，体验着书香的温暖和拥抱。

掩藏的心思里，其实还住着一个梦。那就是期待在我正前方的书架上，早晚会有我的一系列著作摆在那里。

近在咫尺又相距千里。大概，即使今天我的书已经在西单图书大厦的书架上了，我依然感觉自己需要读书，如饥似渴，迫不及待。

“我必须小心对待我生活里的诗意。”说这话的人，一定是站在一片书海前说的吧。开阔的书海的背景上，飘飞着婉转柔美的歌声。

傍晚，回家的路上，天空的颜色越来越蓝，蓝得醉人。

我就走在这画不出来的蓝色色调里，得意地回味转瞬即逝的一天。我是多想用中文词典中最美好的词语赞美这一天啊。

游子怀乡的惆怅，在写作中延伸、流淌，不着痕迹地唱出了满纸心愿和梦想。我用文字向我的朋友们致意。

曾经在韬奋书店里，看到了我的许多忘年之交的书籍。

精神的印记，就在我低头读书的时候烙在心底。

天坛漫步与门钉的触电

近年来，每到元旦这一天，我都会一早赶到天坛。驻足，游览。

从留影看，天坛每年的这一天都是阳光明媚的。

那一年的秋天，正是中法文化交流比较热闹的时期。在天坛公园参加活动，不知不觉融入到一种洋溢着浓厚的中西文化交融的氛围中。

在这次活动中，我认识了端木美教授。

我们两个人交谈了没几句，便热络起来。她是研究法国文学的，对法国有着特殊的感情。她说法国与中国的这种文化交流，是她多年的心愿。

“真好，应该这样的。”她的神情有着庄严的感觉。

我们说话时，旁边有一个身着墨绿色平绒连衣裙的法国小女孩，在众人的目光中，正在忘我地玩跳格子，像我们小时候那样。这个法国小女孩不知道有那么多的记者和游客的镜头对准了她。弯曲的、长长的头发随着她的跳动飘飞着，让她越发生动了。

我在那个活动的现场，看到了许多知名人士，他们也是应邀来参加本次活动的嘉宾。其中有些人还曾经在法国生活、工作过多年。回到中国重新就业、重新发展是这批人的现状。

趁着开幕式还没有开始，我走到旁边那扇厚厚的红门前，上面有 81 颗圆圆的门钉，我每次来都会抚摸它们，纯粹是下意识的。在我的思维里，抚摸它们就有触电的感觉，因为那是一种沟通。

一个高高大大的法国友人看到我的动作，也走过来，笑眯眯地像我一样抚摸着另一扇门上的大门钉，并对他的同伴——一个金发的法国姑娘示意，给他照相。我回头望着他们，有种自豪的情绪升腾。至少，在法国，没有这样装饰的门。

这扇门与活动的场地相距不到百米，却很直接地连接了中国与法国，连接了两国人民。宁静的天坛公园因有了飘在周围的一排蓝白相间的旗子艺术作品，也仿佛穿上了时尚的衣物，竟也凸显出现代气息。虽然站在这里的好多中国人把注意力放在了这次活动中的法国人身上，但更多的法国人却逃脱出这个氛围，倾情于周围的红墙红门以及天坛的建筑。这就是交流，这就是触电。

端木美教授也走过来，抚摸着那圆圆的大门钉，一脸陶醉。

她或许把自己研究工作中所有的感受都化作眼下的陶醉了。

其实，一个大门钉能有多少魅力存在？然而，在一个从没有见过它的人眼里，特别是一个初到中国的外国友人眼里，它就是奇珍异宝，就是中国历史的一部分。亲手抚摸中国历史，会有怎样的感受，只有他们自己回去和家人表述了。

但有一点是共通的，那就是，与门钉的触电带来的还有友谊。

有一次在天坛，遇见电影《我的法兰西岁月》的作曲者张纯教授。我曾经采访过他，并以“张纯用音乐诠释法兰西岁月”为题写过一篇报道。

我们聊起了那段往事。那是为纪念邓小平诞辰100周年摄制的电影，荣获了“华表奖”优秀故事片奖。

“触电？这个词用得好。”张纯教授当年的创作灵感就是这么来的。

伴随着小提琴充满激情而略带低沉的领奏，影片以邓小平在法国勤工俭学的生活缓缓拉开了序幕。

面对法国的繁华与艳丽，当年的邓小平惊叹自己到了人间天堂。音乐在表现邓小平的这段留法学习、生活场景的时候，并不仅限于具有法兰西风格的欢乐舞曲，而是夹带着年轻学子对科学救国的幻想及流淌在邓小平身上的那种青春的激情，音乐节奏明快，使人振奋。

在创作中，张纯把亲情、乡情的滋味注入其间，始终有一种向上的力量。当邓小平流落塞纳河畔，甚至连露宿街头的权利也没有时，他抚摸着母亲缝制的布鞋，想起母亲送别的身影，不禁对这个人间天堂有了另一番感受。即便是这种时刻，音乐仍在表现一个青年人被压抑的或断或续的激情，这个表现手法即便是在邓小平挣扎在最艰苦的扛大包生活中时，也一直持续着。

张纯教授就是凭借着自己的创作激情“触电”了电影的主题，进而进入新的、更高的境界。影片的音乐表现里，邓小平身上始终有两种激情，一种是年龄本身所具有的青春的激情，再一个就是追求科学、光明的激情。

电影的所有音乐可以说是这两种激情的交织和演绎。在这种交织中，尽情展现出一个健康、青春、革命的人格是如何在法兰西形成的。

是影片透射出的激情点燃了张纯教授的激情，还是这激情点燃了他心中的角落，被抛在脑后的许多回忆、曾经拥有过的创作经历都一一涌现，触电的感觉来了。

将法兰西的浪漫、欢快的音乐表现手法与东方音乐的沉稳、柔美很好地结合起来，对影片的成功起到了至关重要的作用。

联想到一首抒情歌，歌名就叫《触电》。歌词中有一句：触电的那种感觉已慢慢出现。我同时想到了一个人，她叫郑园园。

报道她的文章《她带我们去阅读法国》曾发表在我主编的《国门副刊》时尚版上。在法国五年的记者生活中，她把自己的笔当作桥梁，连接起中国和法国之间的友谊。她讲世界故事，也讲她自己的故事。透过她的目光，我们阅读法国。

郑园园跟法国打交道，主要是在希拉克时代。她在采写《沟通心灵的美丽约会》一文时，时任文化部部长的孙家正告诉她，希拉克曾亲口对他说：“我不知道我是不是西方国家领导人中最了解中国历史的人，但我可以肯定地说，我是在宋代仕女微笑的注视下、在商代青铜器旁工作的唯一的西方领导人，而这恰是我智慧的源泉。”

这是否也是另一种版本的触电？

在《哦，香榭丽舍》一书中，郑园园把她看到的法国民风展示给我们，让去过法国的人深层次地理解了自己以前不清晰的一些人和事，让没有去过法国的人从此对法国产生向往之情。

每篇都不是随手拈来的情绪化文字，无论叙说任何一件事情，她都力求达到细节展示的完美：法国著名设计师皮尔·卡丹一年卖出可绕地球三圈的“卡丹牌”领带；法国时装界的一代“女皇”香奈儿开现代妇女服装的先河，她说“我创造了时髦，是因为我懂得我们的时代”；把一个美食王国里吃的环境、吃的艺术、吃的程序、吃的历史通过“吊灯下、烛光中那一份雅兴”诠释出来；从“沉湎于昔日光荣”的法国葡萄酒，到影坛叛逆一族的法国导演吕克·贝松……如果没有那种触电的感觉，郑园园就不会用她独到的认识和优美的文字把一个浪漫又时尚的法国介绍给我们了。

在天坛漫步，踏着青色的石砖，细品生长在这里几百年的古树，然后，到天心石上站一站，体会一下与天触电的那种神秘感应。

“天坛，我离你并不遥远。”

想象中，我靠近回音壁喊出的这句话，穿越时空，在五百多年前的祈年殿石阶上盘旋……

与大师们在文学馆会面

“藏在住宅区中的文化世界。”

“那种感动你无法承担。”

这是民间人士对中国现代文学馆的描绘。

来过，看过，之后，对文学馆的认识提高了。

牌匾题词为巴金手书：“都是真迹。”近距离感受创作过程，受益匪浅。

自 2015 年年中单位搬到育慧南路 3 号以后，我们就与现代文学馆隔墙相望了。站在窗前，向南望，视线越过停车场，对面就是鲁迅文学院的宿舍楼，再往前看，就是文学馆建筑一角。

六年来，每天上班从文学馆东门路过，数不清有多少次。其间，在文学馆参加作品研讨会、诗歌朗诵会、纪念活动等也有三四十次之多，还不包括看展览、会师友。

春天来的时候，文学馆里有最美的画面。玉兰花开，白色的，紫色的，增添了生机勃勃的气息。秋天，银杏树金黄的叶子在风中轻轻地摇曳，吸引着大门外的过客驻足拍照。

二

2019 年 11 月的一天，《北京晚报》副刊资深编辑赵李红老师约我写一篇文章。她知道我的单位就在文学馆隔壁，让我抽空去看看正在馆内举办的“中国现代文学馆馆藏　红色经典手稿大展”，然后，叮嘱我尽快完成她交办的“作业”。

当天下午，我就抽出时间步行到文学馆。展览在 A 座一层大厅。我去时，观众很少。迎面的红色背景墙上是一本红色经典书的封面，21 部红色经典的图片和手稿就展示在大厅里的墙上、展柜里、海报上。《红旗谱》《小兵张嘎》《小英雄雨来》《红岩》《青春之歌》……当看到老一辈作家的手稿真迹时，怀旧的情绪，骤然蔓延开来。

像我这个 20 世纪 60 年代出生的人，从小学到大学，不正是因为这些红色经典作品的熏陶，才树立了自己的人生观、价值观的吗？也是因为这些作品中所塑造的人物带给我们的榜样力量，才会让我们这代人在一定时期把“崇高”“伟大”“牺牲”“光荣”和“奉献”等词汇铭刻在心，贯穿于自己的言行中。

往事如昨。回望时，注定让后来人产生遐想。作家手稿的真实再现，亲近着观者。观者在“观”的同时，每一部经典便在脑海中留下了深刻的烙印。

展台前，每一幅悬挂在原著上方的作家手稿，仿佛都还原了一段历史。圈圈点点，改改画画，原来，那些熟悉的故事情节就是这么“写”出来的。

记录，收藏，展览，再重温，再归档。

几千字，几万字，几十万字，几百万字……这21部红色经典，每一部都曾激励了一代人的成长。重新被拉回到故事里，心情和心境都是不一样的。面对那些没有被时间丢弃的手稿时，我才深刻感觉到：厚植文学园地和传承文学创作精神，这种搜集、整理和妥善保存、展览的方式，正是一种守护中国文学记忆的教育。不是吗？能够吸引众多文学爱好者来参观学习，不也是穿越时光的一场读者与作者的隔空对话吗？

二

记得罗雪村老师的“边写边画——六位作家速写展”是2014年5月中旬在现代文学馆开展的。据说，那次速写展缘起于作家肖复兴的异域速写和屠岸在20世纪三四十年代的速写。还有一直坚持速写的高莽、赵衡、罗雪村、冯秋子，便有了一个作家组成的速写展。

“屠岸的速写风景画居多，笔调沉静，充满诗情；高莽的速写多以文化人物、事件为主，具有珍贵的历史与艺术价值；肖复兴的速写随性而作，更似日常所见所感的画录日记；赵衡的速写手法多样，人物、风景和文化活动现场呈现出丰富的文学景象；罗雪村的速写或简洁或细腻，表达出对现实生活真实而复杂的感受；冯秋子的速写则多是瞬间人生感受的即时勾勒，写实中带有印象的意味和诗趣。”

这六位作者中有小说家、诗人、外国文学研究者、翻译家、文学编辑，都是用文字记录人生的人。那次展览，展出了他们137幅速写作品。

四年后，2018年12月22日，“边写边画——纪念屠岸、高莽先生逝世周年作品展”又在中国现代文学馆开幕了。

追念，欣赏，共享。群贤会集，文与画表达了对屠岸、高莽先生的深切敬意与怀念。

“就这样在文与画中与二位老先生重逢。”赵衡的一句话，让人立时眼眶里有了泪。

这次展览除了原有的六位作家，还新增了报告文学作家孟晓云和著名书评人绿茶。八位作家共140幅画作。其中年代最早的一幅作品是屠岸先生在1937年于逃难途中画的那幅《瑞和轮中》。画作描摹了抗日战争期间人民流徙的场景。据说他那年只有14岁。展出的作品中还有高莽先生用画笔描绘的文学之外的俄罗斯。老先生曾经说过：“绘画让我情感放飞，精神愉悦。”

八位作家用画笔将自己的快乐捧出，将自己对爱的尊敬和对美好的憧憬一并抒发。画与文的呈现，让观者很自然地对作家的生活和情趣亲近起来。

三

2020年9月28日，受中国散文学会红孩老师邀请，我参加了在中国现代文学馆举行的纪念冰心先生诞辰120周年活动。这位中国文学史上的跨世纪老人，用一生的努力诠释了她的“爱的哲学”。大家聚在一起，共同追忆老人热爱祖国、热爱生活的态度，追忆她热爱一切美好事物的人生信念。

冰心1900年出生于福建长乐县。2000年中国现代文学馆新址落成后，冰心先生的部分骨灰安葬在冰心雕像旁。

这座雕像，是著名美术家钱绍武先生的作品，白色大理石材质，采用了冰心在19世纪20年代的青春形象：中式旗袍，披一件外衣，庄重，秀美；齐耳短发，左手托着下颌，洋溢着青春的活力。

雕像后方，一块横向大理石石碑上镌刻着冰心先生的名言：“有了爱就有了一切。”

石碑背面，镶嵌着一块铜牌，上面是赵朴初先生题写的碑文。

雕像四周，种着冰心先生喜欢的玫瑰花以及三株日本友人馈赠的樱花。每到春天，这里鲜花盛开。

“墨上笔端总关情。”座谈会上，大家在谈到冰心先生对自己的影响时都说，她的作品引导我们向美向善。

读书，读道理。母爱，童心，自然美，是冰心作品的特征。

冰心是甲午海战英雄的后代。她的父亲也是一位海军军人，自小不让她裹脚，给了她宽松、充满爱的生活环境。她的故事，更加印证了那句民间俗语：好孩子是夸出来的。

北京外国语大学英语教授吴青是冰心老人的女儿。她出生于中国抗日战争爆发的那一年。虽然现在也是耄耋之年了，但看上去依然精神矍铄。

“我娘……”八十岁的老人喊娘的声音，依然那么甜美。每一个“娘”字，都是吴青发自肺腑的思念。

四

一个文学馆，其实就是一个活动中心、资料中心，集博物馆、图书馆、档案馆于一身。

文学馆的原址在西三环路万寿寺，我没有去过。现在的新址位于北京市朝阳区芍药居文学馆路 45 号，在对外经济贸易大学北门，1999 年 10 月落成，建筑具有独特的中华民族的风格，“是一座蕴含浓厚文学气息的标志性文学建筑”，也是一个很好的学习场所。热爱文学的人，还有想了解文学的人，跑一趟文学馆，定会收获多多。只是要注意，每周一全天闭馆。

馆内有 A、B、C 三个展馆。园里环境布置也很优雅。一个人工湖，不大，但有水，显出一份灵性。

草坪中，点缀着作家的雕像，有老舍、郭沫若等十三位大师。拥有百余个文库，不仅有诸如巴金、冰心、丁玲、周扬等众多现代作家的著作，还有其他各种书籍、杂志、报纸、手稿、书信、照片、视频、音频和文物。馆藏精品有巨石影壁、百花齐放浮雕等。

传说，中国现代文学馆的落成与巴金先生有渊源。被称为文学泰斗的巴金先生，一直希望有一个去处安放他和众多作家的作品。这不仅仅是为了作品本身，更是一种责任。期望有一个专门机构，搜集、收藏、整理、研究、展示现代作家的作品，能将有着时代印记的文学传给后人。

早在 1981 年初春，巴金先生在为香港《文汇报》写的《创作回忆录》之十一《关于“寒夜”》和《创作回忆录·后记》中就倡议建立中国现代文学馆。这一倡议于 1981 年 3 月 21 日在《人民日报》正式刊载，在国内外读者中引发关注。

1981 年 4 月 20 日，中国作家协会主席团扩大会议讨论通过决定筹建中国现代文学馆并报中央批准。正是巴金先生的倡议，让一个队列的文学家们聚集在了文学馆内。

文学馆落成后，按照时间脉络，梳理了从 20 世纪初到今天的中国现当代文学发展，从五四文学到 21 世纪的网络文学，全面详尽地介绍了中国优秀的作家们。

“都是真迹。”文学有一种力量。

著名作家的书房实物，有历史的沧桑感，散发着幽香的文化气息。写作手稿原件，曾经使用过的物品，无一不被注入了情感和思索，为今天的缅怀提供了有价值的文本。

一个文学馆与一座古老的城市，共同铸造着现代北京人。

798艺术区探『艺』

2007年我们家刚搬到酒仙桥一带时，真的没有想到会和798艺术区为邻。后来有人问我家地址，我索性就说在798附近、在大山子附近。因为，这都是著名的地理标志，名气在外，好找。

隔着一条街的距离，远远看见进出798艺术区的人络绎不绝。

因为798位于朝阳区酒仙桥街道大山子地区，所以对外又称大山子艺术区。英文简称DAD-Dashanzi Art District。

为什么把这里叫作798？总是会有人刨根问底。其实，798艺术区的名字是沿用原北京国营电子工业老厂区的名称。

我很喜欢在798漫无目的地游览。没事就到这里转一圈，无论哪个角落，都能获得点知识。

这里，曾经在20世纪50年代演绎过精彩的创业故事，凝聚着老一辈革命家及建设者的心血、智慧和辛勤劳动。

现在的798和艺术联系在一起，处处透露着艺术先锋的气息。而当年的798却在酒仙桥地区形成了中国电子工业史上大发展的开头，并把这一先头作用永远载入了中国电子工业发展的史册。

有人说，在798艺术区的发展过程中形成了798共识。

记得一篇文章中有对798的评价，是从四个方面说开来的。说798是中国的，说798是当代的，说798是艺术的，说798是原创的。总之是表达一个思想：如今的798能否形成良性的大范围的“798共同体”，未来的798能否完成从中国走向世界的惊人一跃，都取决于798的可持续性与可包容性。

在798艺术区探“艺”，首先要懂什么是艺术?

艺术是借助一些手段或媒介，塑造形象、营造氛围，来反映现实、寄托情感的一种文化。语言包括文学在内的，美术包括绘画雕塑在内的，表演涵盖音乐舞蹈的，综合艺术中的戏剧、电影等，艺术表现出的情感就是人的审美的情感。

艺术有时候表现出的是沉重，给人典雅高贵、高不可攀的感觉。其实，艺术又是轻松随意生活化的。漫步798体验艺术，会有全新的理解。

798从一处被废弃的工厂到美国人租下这里的120平方米改造成艺术范的区域，20年间，798的艺术群体聚集起来，其他地方不可复制。

我的许多艺术家朋友都在798落过脚，甚至长期驻扎在这里。

他们来这里的目的，就是因为798的定位落在了“艺术”

上，这就是他们想拥抱梦想、想施展才华、想有所成就的地方。

798 的南门画廊集中，影响力较大的有伊比利亚当代艺术中心、玛吉画廊、北京公社和程昕东国际艺术空间。

多年前，我走近著名画展策展人程昕东的时候，他说过的那番话让我对他刮目相看，至今印象深刻："这些年来，我一直行走在国际艺术圈。国际上支持当代艺术活动的方式，我见了不少。其功绩令人赞叹。回过头来看处在转型期的中国，几十年的改革开放带来了经济的空前繁荣，而在文化、艺术领域却一直小心翼翼。我期望我的这个工作室能成为一个实验场所、一个出发点，并能给我们带来各种新思想、新观念、新技术、新创造，以求在文化全球化沟通的过程中扮演一个多元文化艺术的传播者与实践者的角色。"

程昕东的工作室位于 798 艺术区的东南角。那是一个雨后的下午，他按照他的生活方式举办了一个类似酒会的聚会。各色小茶点和饮品点缀其中，一曲田园音乐飘在空中，让所有到来的朋友备感温馨。

我已经不是第一次参加他主办的活动了。这位被艺术家们誉为具有丰富艺术市场经验的"艺术经纪人"，为推动中国和法国之间的艺术交流以及向世界推介中国优秀的艺术家，做了大量的工作。

当年在第四届上海艺博会上，程昕东一手策划，将罗丹的传世名作《思想者》请到上海，成为轰动一时的热点，连《纽约时报》《费加罗报》《泰晤士报》都在显著位置做了报道。世界级艺术大师的名作被中国收藏，这是第一次。就此而言，这一举动具有里程碑式的意义。于是有人说，如果上海艺博会发金牌，第一个就应该发给程昕东。

迢迢万里，飞越重洋。程昕东不仅从国外带来了近百件世界艺术大师的巨制名作，也从中国选择了许多富有潜质的实力派画家的作品走出国门，打入国际艺术市场。

程昕东曾说，他在798的空间只是一个点，艺术是流动的，所以他的艺术空间也是流动的，他要把中国的当代艺术带到全世界，把全世界的艺术带到中国。于是，他成为一个奔走在中外艺术家之间的文化使者。

798艺术区程昕东的工作室，其实也是一个画廊。意在为画家提供一个条件优越的创作基地，并经常不断地为优秀的当代艺术家举办画展。

类似程昕东这样的文化使者，在798艺术区大有人在。

北京798艺术区没有门票，作为一个旅游景点，她向全世界展示着一种中国情怀。这个时尚艺术概念园区，每年游客的数量在300多万，却从未收取过参观费，难怪有旅游经济专家在一次国际旅游论坛上感叹说，798艺术区是北京最贴近人民的园区。

从北京市民到来北京探亲访友的中外游客，还有旅行社带的旅游团，几乎都要寻访一下798，期待到此一游。

2008年北京举办奥运会，798艺术区最能展现北京开放、自由的形象，于是，以老旧厂房为基调的798被列到奥运会设定的旅游景点中了。这里有前卫雕塑、特色酒吧、商品小店、书吧、唱片收藏、文创产品，甚至，还有在这里拍影视剧的剧组，有在这里排练大型演出的预演……

想起2015年10月初，我赴维也纳参加诗歌交流活动的情景。期间，就去过维也纳市区东部一条离著名古迹稍远点的小街。

这条街上，有一个叫作“百水屋”的地方。外墙上，几乎是被一种童心、童趣的绘画展示布满了。每个窗口，都有绿色的植物蔓延到窗外，与那些刚硬暗色调的建筑互相辉映。

当时，看到它的第一感觉就和北京的798艺术区联系在一起了。一样的风格造型，都是在废墟一样破残的建筑上重新构建了一个新的艺术长廊。

我在这个艺术区里买了几沓餐巾纸。不是为买餐巾纸而买，仅仅是因为那餐巾纸上印着克里姆特的画作。

穿行在那五颜六色的艺术区里，你不知道要看什么，因为看不过来新鲜。也不知道要买什么，因为也买不完好奇。只有先用相机拍下来，回去慢慢看。

798的画风强调的也是色彩，也有回归自然绘画的表现。

或许，现在的798艺术区被那些探头张望工作室的游客真的给当成了景点。或许，被到此一游的来访者东一眼西一眼的散漫神情所刺激，艺术家们也在思索未来的发展空间。

终究，是艺术家改写了798的定义，给了798一个无拘无束的艺术世界，给了我们一个艺术无限的构想空间。

当你看到在足够高大的空间里悬挂着足够大的绘画作品时，一定不想马上走开。

因为，那魅力非凡的创意，会让你久久地回不过神儿来。

图书馆里的文化沙龙

博尔赫斯说："如果有天堂，天堂应该是图书馆的模样。"

于是我想，那些在图书馆里读书的人，都是天使吧。

去年，看到一篇微信公众号的文章，题目是《一百零六座全球最美图书馆》。出于好奇，仔细阅读。这一百零六座图书馆中，位于北京的中国国家图书馆位列第 25，位于天津的滨海图书馆位列第 104。

对于我们普通人来说，图书馆曾经给我们的人生带来了梦幻般的色彩。一本书，有时就打开了世界的大门。

就像在一个午后的阳光里，母亲正收拾储藏间的杂物。忽然，我的视线被一本卷边的旧书吸引，一个熟悉的书名跃入眼帘：《钢铁是怎样炼成的》。我把它一下子抱在怀里的感觉清晰如昨。

那遥远的少年时光，就这样被锁定在一本书里了。朴拙散淡的天性，也因了这本书，将一种有关意志和坚韧的含蓄解读轻轻地握在手中。

渐渐地，随着生活条件的不断向好，去图书馆“探梦”的机会越来越多。即使从图书馆门口路过，都有一种好像只有自己才知道那馆内深藏着秘密一样，神气十足。

萦绕着这样一种向往，永远不会对图书馆有失望。我想，这类似的想法左右了一代又一代读者。与其说是个性，不如说是鲜明随性的个人化追求。

凝聚着文化沉淀的图书馆，就像我们离不开的随身听，享受的同时，学了很多东西，在心理上和精神上有了双重收获。

“带着情怀去读书。”如此，魅力无边的图书馆，在对外开放上也平易近人、延续传奇。可以借阅，还可以驻足静读。

每一本书，把心里的梦唤醒了。当眼前的时光被纷繁的事务撕扯成碎片的时候，坐在图书馆里与书亲近，在历史长廊、名山大川、山河湖泊中探寻。这种纵深的探寻，迸发出的震撼力绵长深沉，从此获得了一种与天地相通的气概，也有了自己独特的视野。

现如今，在北京一些图书馆举办读者线下交流活动已不是新鲜事儿了。每次活动，总会吸引来少则十几位、多则近百位读者参与。同时，开通线上直播，也会有上千人观看。

这就是读书的魅力。图书馆里的氛围总是独特的，在这里举办对话或讲座，会更具文化沙龙的精彩魅力。

相随，相伴，现场聆听。公益讲座，悄然兴起。

“北京的文化氛围浓厚。”远在广州的友人总是羡慕：为什么在北京搞个读书活动那么容易呢？其实，何止北京，全国各地这样以读书为主题的交流活动越来越多。

容易吗？每一场读书活动的背后都浸透着主办方的智慧和辛劳。

但是，也真的容易。因为一种向心力。只要有人牵个头，有个主题，搭建其文化交流的平台，招呼二三十个人还是不费劲儿的。大家都愿意在业余时间有个“组织”，新朋老友借此机会也见个面。

挖掘乡情、古建、书香等文化精神内涵，以文化这种情感纽带凝聚人们。似乎朴拙，却颇隽永。凝聚了城市梦想的图书馆，那种和谐的氛围也是参与者希望看到的。每一次交流活动，都会给人留下深刻印象，也鼓舞了许多人。

“犹如倾听之旅，犹如微笑之旅。”低调，务实，谦和，读书活动总有点初恋的味道，让人觉得读书的日子每天都是幸福的。

读书是学者的一种乐趣。藏书是文人珍贵的财富。

图书馆，便是书籍得以保存、文化得以传承的神圣殿堂。知识不分国界，是人类共同的财富。图书馆将多种文明汇聚一堂，是我们共同的精神家园。

图书馆本身也是最美的风景。应该说，图书馆是最让人意气风发的地方。在这里交流的时刻，充满希望，值得纪念。每一位师友的发言都很精彩，让我看到了一种独特的气质。那是与心灵相吻合的情绪，带着线条和色彩分明的认知，牵引着我们走向自己。

因为喜欢，因为需要，不能停下脚步，图书馆很容易被兴奋的我们当成另一种人生的起点。好像，这里给我们的希望和承诺，不可能在其他任何地方找到。

这里有我们渴望的空间。大家讲话很有分寸感，透着尊重和谦虚。理性和感性结合在一起，营造出一种舒适的意境。就像小时候，听人家拉琴是种享受，自己拉起来却又爱又怕。终于等到自己也懂得拉琴技巧了，再听人说弦乐器的弓法、发音时，就莫名地生出亲近感来。

也许，真的有人会在图书馆里找到自己一生的抱负，尽管我说不清楚自己是不是这么走过来的，但我相信。

图书馆里的文化沙龙，让每一个读书人都变成了敏锐的观察者。

理念与情感的表达，人性演变的戏剧性效果，等等，无论再怎样循环、再生，都不再是我们当初看到、感到的那般混乱了。我们会发现原来自己如此坚强，生活中还有那么多的美好等着我们去挖掘。

“读书的人，有种无以名状的美。”听著名作家萧立军说，他每次出差，在机场或火车站，总爱捕捉在熙攘人群中安静读书的旅客。他觉得这样的画面与他细腻的灵感呼应出浓浓诗意，舍不得移开视线，并沉醉其间。

今年夏季的一个周末，北京东城第一图书馆的三层报告厅里，座无虚席。京城图书馆“书海听涛”作家见面会系列讲座线上直播开始，主题是“散文天地的梦与真”。主讲嘉宾就是我们“周末散文五人行”的五位作家。

那天，远在河南郑州的凤秋因高铁停运没有按时到来，我因为公务缠身也没有参加。其他三位兄长带着感恩的心走近读者，谈各自的散文创作、文学人生，谈散文的美与情，谈梦想、超越与圆梦的故事。

到现场参加活动的读者，是预约报名的。关注“北京市东城区第一图书馆”公众号，并在线上邀请超过100人观看直播的观众，可以获赠“周末散文五人行”创作的签名散文集。

我虽然没到现场，但递交了一份书面发言。培禹兄给读者读了一遍，算是表达我没到会的歉意。

女作家华小克在现场给我发了一条短信，问我为什么没有出现。她说，正读你的信函。我说，谢谢您到场给我们助力。

同她一样，许多朋友尽管都是在线上观看讲座，但也发了短信表示祝贺。有师友赞赏我们的坚持，说五个人能够连续三年每周写一篇文章并不容易，说从中看到了我们五个人构筑文学梦想的全过程。还有人引用我的语句，来回答散文是什么。

“散文，就是与最好的自己相遇。”

“我们写作，其实是在画自己。”

“真气环绕。真实的真。真情，真意，真感受。”

左手一盏茶，右手一支笔，抒发我们真实的生活感悟。这就是散文。

农展馆是一本漂亮的书

留在农展馆的照片没有一张是重复的。

春夏秋冬，每个季节我都从没有错过她的景致。

说“访”她，更确切。因为在我看来，农展馆就是一本漂亮的书，摆在北京市东三环北路我们能够看见她的地方。镜头的光圈和底片的感光度都能满足拍出难忘的画面。我为此很得意。

封面上写着“书名”：全国农业展览馆。也叫北京农业展馆，是北京十大建筑之一，中国传统建筑风格。当年，由周恩来总理亲自督察建设。

“书的扉页”上写着：1959 年正式落成后，举办了建国后第一个全国性的大型展览——建国十周年全国农业成就展览，开创了京城近 40 年的展览历史。从此，全国农业展览馆名震京华，令世人瞩目。

我经常从那排白杨树下走过

我们报社在农业部北办公区院内，与农展馆北门相对。

在团结湖住的时候，我会从展馆南门进来，骑车穿过馆内，直接从北门出来。这条捷径我至少走了三年。

那是难忘的时光。在树木花草繁茂的地方，总能吸收干净的能量。

路边，是双臂伸开都抱不过来的、高大的白杨树，沿馆内临荷塘的路上一纵排开，形成了遮天蔽日的林荫道。

我有时想，这是历年建设中幸存下来的白杨树吗？五十多年没有被砍伐掉，应该是一个奇迹。在这个充满异国风格建筑的地方，树木一圈一圈的年轮还在增长。真的是一年就长一圈吗？

想象中，每棵树的横断面上一定有很深很密的纹理，会让来到大树跟前的老人感慨万千。因为，在那些曾经的建设者和与之相伴的馆内工作人员眼里，每一棵树的年轮本身就是一种情调。就像以前听过的一首歌，因为当初是在一种特殊意境中听到的，以后无论在哪里再听到这首歌，都会想到那种意境。

这条路上的朝阳与晚霞，伴随着我沉浸在别样的意境里。我一度以为是走在森林里，于是刻意让自己情绪飞扬。

那时，我觉得很累，但思维又很顽固。不能着急，拨开复杂的面纱后，才会明媚起来。

每次走在这路上，我都期待着有一幅能令我动容的画面出现，让那个风风火火的我安静下来。一首《林中的小路》总会和这里联系起来：林中的小路有多长，只有我们漫步度量。月儿好似一面镜，映出了我们羞红的脸庞。在这样美好的夜晚里，你的心儿可和我一样？愿这林中的小路默默伸向远方……

在一个喧嚣的时代，在快节奏的京城，心念很容易飘浮、散乱。而这条安静地卧在林荫中的小路，很耐心地给了我毛毛狗、阴凉、落叶。专注地走路时，我开始坚定自己的追求，就是从南边走到北边，就是从一个入口，找到下一个出口。

偌大绿色空间里的每一条小路，都通往内心。我在一种强有力的信息传递中，任意享受从繁忙生活中漏出的每一段时光。

细数那些充满情怀的雕塑

站在矗立于农展馆广场的群像前时，天正下着小雨。

尽管不止一次来农展馆，但真正驻足凝视这两座对称的雕塑还是第一次。

远远望，是一片模糊的群雕，走近了，农民庆祝丰收的喜悦形态各异，鲜活生动。

据说，这是鲁美雕塑系的师生在 1958 年末至 1959 年国庆节前完成的。与较早完成的《人民英雄纪念碑》浮雕，堪称 1949 年以来的雕塑精品、时代的标志。

这两座群像都以喜庆丰收的情景为主题，各以两匹骏马为前导，两侧及后边是工、农、兵、学、商群像。举臂擂大鼓的鼓手，扬臂打大钹的姑娘，富有音乐感，烘托出喜庆的气氛。

望着这两座整体感和建筑感很强的群像，仿佛听到了鼓声，感受到了那种雄浑气势、昂扬激情。不了解中国历史的人，无法把这两座雕像与那火热年代所发生的故事联系起来，无法感知当时那种意气风发的干劲儿，无法理解那种蒸蒸日上的时代精神因何而来……

艺术，来源于生活，又高于生活。面对雕像，为艺术家们的构思点赞。他们让观者从一个个人物的神态上感受到一种凝固的中国气魄。这些富于民族特色的形象，从点到线，从轮廓的推敲到以圆雕、浮雕再现，无不浸透着智慧和心血。

农展馆地处首都繁华的国际商贸区，与外交使馆一路之隔。

周围两公里内，长城饭店、昆仑饭店等星级饭店林立，商务写字楼和健身中心密布。有人说，这一片区域是北京经济增长最快的地带。这里不仅食宿方便，而且交通便利，从馆区开车到北京国际机场，不堵车的情况下，只需二十分钟。

有时候，人们总是抱有特定的期待，我也一样。我想，无论哪个国家的人来农展馆，一进大门，就会被这两座雕像吸引。初看时或许没有什么感觉，但一旦定心留神，就会从中了解中国、了解中国人。

将来的某一天，若问他们在中国最难忘的镜头是哪里，我希望他们会谈到这两座雕像，哪怕只是寥寥数语的描述。

我的镜头中，有一个意大利女子与雕像的合影。她中性打扮，穿着白色衬衫，一副精致的女强人做派。但镜头里的眼神，流露着崇拜。

“在意她的眼睛。”这是很容易钻进我们心里的中国形象。一个外国友人，因这雕像让自己的眼界变得更开阔了，这难道不是作品本身的成功和魅力吗？

雕像再现出澎湃不息的激情，豪迈如风。

闹中取静区域内有集市

某年某月某日，年货大集。

某年某月某日，北京农展馆展销会。

这样的信息铺天盖地地传播，得到这消息的人们从南城到西城，都会在那几日横穿大半个北京城，集中到农展馆。

东三环路上的车，川流不息。开进农展馆的车占满了所有车位。全国的客商聚集在这里，销售各地土特产，场面异常壮观。

服装饰品、绿色食品、家居日用、珠宝玉器……产品丰富，价廉物美，热闹非凡。

“不出家门口，就能买到全国各地、世界各地的产品。”这样的大集谁不喜欢，谁愿意错过？

近水楼台先得月。有农产品展销的旺季，每到午饭后，我们就会结伴去购物。当时觉得又好又便宜，一买就是一大堆，吃不了就送人。后来，有了经验，专拣北京买不到的东西买。

可如今，不仅是北京，全国各地城市，交通发达，物流迅速，还有什么买不到？但是，就想买个新鲜。头天晚上发货到北京，第二天上午就能在大集上买到。辽宁的海参，云南的酱豆腐，山东的馒头、煎饼，山西的石头饼、米醋，还有广东的鱼丸，福建的肉燕皮、桂圆干，湖北的莲藕，湖南的臭豆腐……应有尽有，并且在大集上可以先吃再买。

人潮拥挤的场面，热闹，和谐。没有太多高声叫卖的声音，却创造了一天卖出几百斤、两三天卖出几千斤的纪录。

当游客感受北京最传统的老城风景的时候，若赶上农展馆的大集，一定会有意外收获。许多限量版的产品和工艺品，会拽住你。你会觉得，一次普通的旅游，会因为这里的大集或展销会而收获独特的风景。

这样的场景如此熟悉、亲切，不就是小时候跟着外婆赶集的场面吗。逛饿了，就顺手在某个摊位上买点吃的垫补一下接着逛。累了，就在人家卖的马扎上坐一会儿。好客的卖家总是笑脸相迎、热情招呼。外婆看人家热心，有时即便不是太需要买的物件也会顺手买下来，然后，和人家东拉西扯地聊一会儿天。

“农展馆里赶大集，是因为这里有万种特色农产品。”此话不虚。

置办年货，就赶农展馆年货大集。每年不落，我们过年的东西在这里一天就能置办齐全了。

记得有一年冬季，大风。眼看年根底下了，人气依然很旺。

数百个摊位，大量的年货，品种繁多，每样买一点，都会压沉了包。

查干湖的鱼足有三尺长，我买了一条，很兴奋地寄回山东老家，图的是让父母亲眼见识一下，开开心。哪想到，父母舍不得自己吃，分成好几块送给了亲戚。

“分享快乐。”推广了土生土长在查干湖里的大鱼的传奇色彩。

“藏不住的快乐。”我钦佩老人们总是把最新鲜、最美好的东西慷慨送人的处事格局。

琳琅满目、五花八门的各地土特产，以及人们越来越时尚的消费理念，让农展馆的空间从有限变成了无限。

可作为公园游览的地方

在位于北京市朝阳区东三环北路 16 号的全国农业展览馆，一个不用做广告就能吸引人的地方，能感受到另一种繁华。

位于农展桥东侧，地理位置优越，素有京都“龙眼”宝地之说。民间流传这里“风水好、有灵气”。又因四通八达，更是博得京城内外的人们好评如潮。

这里恐怕也是北京唯一具有中国传统风格的园林式大型展览馆了。除拥有十座中国传统建筑风格的展览馆以外，还有农展馆新馆。新馆采用大跨度独立柱基张弦式管桥架结构，大大提升了承接大型展览的能力。因了这场地的宽阔和高大，还特别适宜举办含有大型机械的展览会，一些大型展览场地非它莫属。

“我就这么静静地看着它。这里有停不下来的展览，有演不完的乡情。”每一次，全国各地的特产带来的乡音，萦绕在心里久久不息。

手机里装不下馆区内的树木和繁花，装不下湖波和回廊亭台，那碧瓦黄檐的古典建筑群，给来馆办过展览的客商留下深刻印象。

有记载：农展馆先后筹办和组织了近两百个出国展览，足迹遍及八十多个国家和地区。该馆与意大利维罗纳博览会、德国绿色周食品博览会等建立了友好合作关系，对促进中国与世界各国在农业、工业、科教、商贸、文化以及其他行业之间的交流发挥着越来越重要的作用。

农展馆，满载着活力四射的阳光，有一种延伸思考的可能。

那些难以用语言述说的故事，积聚能量，凝固思想。

英剧一直有一个非常大的优点，就是对文学作品原汁原味的还原。农展馆亦如是。在一片绿色的世界里，怎可能只字不提公园式的美好设计和这里营造出的新鲜空气。徜徉在春夏秋冬的农展馆，的确就像进了公园一样。

让以平淡为风格的农展馆陷于影像记忆中，只要有空，结伴而行，寻找快乐。在这城市的一角，随风飘曳的枝叶，可传情达意，也可以承载时光。

第三辑 >>

记忆留痕

JIYI

LIU

HEN

刘一达的京味表达

2015 年秋天，由网时读书会在中国现代文学馆主办的一次诵读会上，著名京味作家刘一达到场并诵读了他的作品。是他写给自己小孙子刘道唯的一封信。

网时读书会会长李林栋当时就说，这封信应该是这次诵读会的亮点。况且，是刘一达自己诵读的。

这封信，时间跨度很大，却从心理上拉近了爷孙俩的情感距离。

亲爱的道唯：

四岁了，我想你能看懂爷爷这封信已经是十年以后了。那时你还会写信吗？爷爷说的是手写的书信。同样是信，时光却跨越了几千年。早在几千年前，我们的祖先就开始用书信传递信息和情感了。从鸿雁传书到驿站邮递，烽火连三月，家书抵万金。书信承载着多少国事家情的历史记忆？它已经渗透到中华传统文化的血脉中。孩子，更加美好的未来等着你们建设，中华民族伟大复兴的中国梦等着你们实现。继往开来，任重道远，你们要从前人书信中汲取营养，传承中华民族优秀的传统文化，写好现代生活的这部大书信。这是爷爷对你的期待。

刘一达曾是京城的记者，更是京味作家。除他出版的《人五人六》《红案白案》《故都子民》《北京爷》《百年德行》等三十多部著作之外，我觉得这封信也应该是他的一篇亮点之作。

事实上，很多读者都是带着极大的好奇走近刘一达的。从他走上舞台的那一刻开始，明亮的灯光效果，映照出他“爷爷”的温和形象。

随着舒缓的音乐流淌开来，刘一达情感的门就关不住了。

我禁不住发出惊叹，这是超乎我想象的一种表达，听来心平气和，却给人心跳加速的感觉。简短的信中，隐藏着爷爷对小孙子的期望和爱。

作为那次诵读会的主持人，我欣喜有这样的作品和表达。

虽然字数不多、篇幅不长，但质朴的话语在情感上就增添了一份亲切感。

生在北京，长在北京，为北京积累起写作素材。

生在胡同，长在胡同，对胡同有着与生俱来的感情。

刘一达的作品里有地道的北京话，胡同里的凡人小事，迎面而来的街坊邻居，甚至，老北京风味的豆汁、焦圈、芥末丝、麻豆腐，老北京人的局气厚道，大杂院的变迁，北京老字号的典故，七百多年古街的故事……在首批百年百部北京主题作品推荐书目里，有刘一达的三部作品。

“我的骨血里面就流淌着胡同文化的血脉。”刘一达的京味小说语言已被列为北京非物质文化遗产，他也成为京味作家的代表人物和北京读书形象大使。他的每一部作品，既有传统的、珍贵的老北京范儿做派，也有时尚的时代表达，老北京的精气神贯穿在他的每一部作品中，细心的读者会读到那种京味文化的魂。

刘一达的京味表达带有老北京人纯真乐天的气息。细细品读，那种表达和年龄无关，如同品茶，滋味浓厚，回味甘甜，简单中体现了细节，成熟中还原了鲜香，真情自然涌来。

一人一事，一点一滴，便可窥见京城民俗的全部风华。刘一达在京城接地气的庭院里，选择素材镌刻记忆。在他的心中，需要的，期待的，其实就是还原记忆中老北京城市景观的风貌。

刘一达不可能让自己探寻的脚步在北京的时光里慢下来。因为，他看到了让他一生受用不尽的典故。

“起码告诉人们，正根儿是哪儿，有追根溯源的意思。”为了把老北京的土话变成文字，刘一达下了很大决心，花了很多心思。

“因为老北京的很多土话有音没字，一般人看不懂，比如说

‘齁甜’二字，要体现出它的京味儿就得琢磨。”刘一达把自己对北京故事的讲述，对北京韵味的解读，对北京气场的把握，都体现在对老北京文化遗存的深度探寻中。

从认真探寻到惊喜发现，刘一达延伸了京味表达。

“想了解北京的人文、历史，首先要知晓它的文化符号。”

北京的城市历史可追溯至三千年前。这座古今名城、六朝帝都，为世界留下了她独有的文化典藏：皇家古建、四合院、古街胡同、国粹京剧、文明礼节、城市味道、民俗风情、得天独厚的地理位置……出生在北京，并在北京成长起来的刘一达有着深厚的北京情结——对北京的依赖，对北京的热爱。

北京是个移民城市。这意味着不同地方、不同民族的文化在此融合。北京就像一个风向标，指引着不同地域的人奔涌而来。北京在历代人类文明发展过程中逐渐形成，然后，包容万方。

北京是京杭大运河的源头。南来北往的人，东升西落的霞，给了这座有着历史文明足迹、有着人文文化记忆的城市独特的立场——和谐包容，她是一个全新的政治、经济、文化中心。她开放接纳，接受外来文化而形成了“和而不同”的京味文化。

明末清初的思想家顾炎武在《历代宅京记》中，对北京有一个“速写”，说北京“右拥太行，左注沧海，抚中原，正南面，枕居庸，奠朔方”。

这幅“速写”的画面解读很清晰：北京西部是太行山，东部邻近渤海湾；向南，可以镇抚中原，有利于统治南方广大地区；

向北，依托长城居庸关，奠定对北方统治的基础。也就是说，北京正好处在中原与东北交通往来的咽喉要地，交通地理位置很重要。

况且，正因北京处在北方草原牧业经济区和华北农耕经济区的交会之地，才使得她成为我国封建社会后期金、元、明、清的都城。

多元文化的交融，使北京极具包容性。刘一达在探寻古都的文化根基和城市文脉的时候，给京味文化描摹出一个完整的风貌。他的每一部透着北京文化气息的文学作品，以小说、散文随笔、话剧剧本、纪实文学的形式构成了北京这个城市的景深。

从城市中心到城市边缘，北京有着丰富的历史积淀，有着尚待开发的潜在资源。北京故事，都包含在那一本本以北京记忆为主题的书中。四季轮回，北京的变化日新月异。一切变迁，又从理念上开辟了北京。

当刘一达编剧的话剧《玩家》登上了人艺舞台的时候，纯正的京味儿赢得了观众的喜爱，十四场演出一票难求。那剧中两百多条老北京话注解，可让观众了解更多的老北京文化和收藏界的各种门道。

看着，看着，观众的心中升腾起一种骄傲。

表演结束演员谢幕的时候，观众席上掌声热烈。那是对作品的创作者和表演者表达的敬意。

“四合院是一个压缩版的故宫，是一个独立的小社会。”

“胡同的发音来自蒙古语，意为井。因为古人在设计元大都时，胡同多依水井而建。”

“北京的湖泊都称为海。北海、中南海、什刹海……此处的海并非大海的意思，而是蒙古语里海子的简称，也就是湖泊、较大水面的意思。”

除了这些知识性的介绍，刘一达也通过不同层面具有代表性的人物以及他们的生活，来呈现北京。他和老舍、王朔、徐城北等人的作品，都是对于北京的文化阐释，其特点是幽默，富有大家气派。这种特有的“京味儿”表达，会让人爱上北京。刘一达的京味作品构成了他的风格，他的京味文学，“能咂摸出滋味儿”来。

出生在这里的人，在这里成长起来的人，从这里出发漂泊到世界各地的人，来这里打拼的人，回归这里的人……都携带着一种色彩。

天地间，北京是金黄色的，是紫红色的，是绿色的。

金黄色的希望，紫红色的热情，绿色的生命力。

在使馆区一角看夕阳

说到使馆区，人们最先想到的，是外事集聚区和外交公寓。北京的外国驻华使馆，之前几乎都选址在朝阳区。

当年，我们到酒仙桥、望京一带看房子，房屋中介就介绍说，这里位于第三使馆区，朝阳公园就是你们家的后花园。

第三使馆区？我们家的后花园？

或许就是从那时起，我们开始有意识地捋着使馆区的分块区域。

第一使馆区在建国门外，第二使馆区在三里屯周边，第三使馆区在燕莎商圈附近。据说还有第四使馆区，目前正在规划建设中。

所有的使馆区周围，几乎都有国际范儿的豪宅和外交公寓、外资商社，而且连通着环线快速路以及机场高速，交通出行很方便。

以前，我住东大桥，单位在麦子店街农业部北办公区，上下班都要从三里屯使馆区穿过，使馆区的每一条小路我几乎都骑车走过。后来三里屯改造，一条街的酒吧换了模样，使馆区的开发建设，引入了国际化配套资源，带动了周边区域经济的发展。

亮马桥外交公寓、芳草地国际学校、凯宾斯基饭店相继落成，再接着，洋溢着国际商业情调的太古里出现了。

有一天下小雨，整个街面没有以往那么拥堵，我忽然萌生了到好久不去的三里屯走走的想法。从长虹桥往西，我直接走辅路，太长时间没去，对这里的一切感到了陌生。要知道，以前，我和同事经常利用午休时间过来转转。到现在，有四五年没有来过了。然而，一走到这里，许多美好的画面就回到眼前。

记得曾经的那个黄昏，寒冷刺骨的风不停吹着。那时，我下班回家，在远离人群的使馆区安静地穿过。

使馆区里的各条小路有积雪覆盖，冻硬踩实之后非常滑，我小心地走着。

忽然，身后传来歌声，是一个十七八岁的小伙子，他双耳塞着耳麦，正陶醉着边走边唱：

漫步斜阳中，小桥边，人不同，花草在眼前，没有昨日风；是非少年梦，寻南北，觅西东，山水还依旧，往日楼已空，桃花那个满天红……

情不自禁地，我抬头看向西边天际，此时正一片暗红。

那本代表温暖的颜色，却在清冷的冬日黄昏被孤单清瘦的树的枝干点缀出越加萧瑟的寒冷。

驻足，站在一处能看见“全景”的位置，仔细地看。

那个男孩的声音里充满了感情色彩。他唱得很投入，那歌词或许可以表达他的心情。而在我看来，年轻的男孩本身就是寒风里的一束热烈的光芒。

继续前行。我的前方，一对老人在夕阳下手牵着手蹒跚而行。他们也看到了西边天际的大片红色，停了下来，仔细地看。

那红色的夕阳很诱惑人的视线和情绪。

老人们陶醉的神态触动了我。或许他们劳碌一生，在中国式的日常生活中俭朴踏实，有规律、有节奏地饮食起居、锻炼身体，或许还会在享受天伦之乐的同时回忆起自己年轻时沐浴残阳的经历。而在我的眼里，他们的牵手散步是一种独特的美丽，美在一份真诚，美在一份让寒冬都变得温暖的生动。

珍惜眼下，珍惜手中的手，特别是在冬日的寒风中。

这对老人不会想到，他们的牵手赋予了我某些深刻的东西，让我对夕阳的美又有了另一种诠释。

人都说：夕阳是一天的尾声，老年是人生的冬季。

是这样吗？日出日落，时光流逝。我怎么没有从这对老人脸上看到衰老的神态？我分明从他们淡泊宁静的目光里寻觅到了属于他们自己不朽的诗句。

在寒风里，我为夕阳而歌，想让更多的人收获这份感动。

一路走过，把感动的情绪带回到家里。明天，相信会有更多牵手的画面，镶嵌在夕阳的余晖里……

20 世纪 60 年代开始在这里开发的第二使馆区，直到 80 年代才建设完成。西到东直门外大街，东到东三环北路，南到工人体育馆北路，北到亮马河南路，这偌大的区域，尤为安静。中规中矩的馆区格局设计，悠长的街道，树木的浓荫，别致的庭院式咖啡屋，异国情调的黄昏小聚，让路过的人们不由得放慢了脚步。

如果你静静地站立在街道拐角的地方欣赏，还会发现很多亮点。你会发现，这里的安静其实蕴含着热闹非凡和人声鼎沸的意味，就像看一部无声电影，尽管没有声音，但却意味深长。

我对三里屯使馆区情有独钟，是有原因的。

有一个时期，工作到疲惫不堪，诸多事情处理不完都要带回家继续做。傍晚，收拾好背包，下楼，回家。

回家的路上，必须经过使馆区那一段路程，虽然路过只需要几分钟，可我会来来回回走半个多小时。周围没有高大的建筑，空旷的区域道路四通八达，目光只需越过树梢，就能看见红色的夕阳。

我踱步无人的人行道，静享这难得的时光。绕来绕去，就想立定一个地方，仰望天空。

也许，在不远的地方会有人看见我，但我忽然发现，这里的宁静差不多改变了我的心境，我不再关注外人的眼光。这里，一度成了我的世外桃源。

搬离麦子店办公区后，深秋的一天，我对邀我散步的一位女友说:“我带你去一个地方。”

她跟着我来到三里屯东五街银杏大道，满街的金黄，令她感到惊奇。

“这就是我那个夕阳余晖里的秘密。”想到日暮时分诗意的满足，我又一次流连忘返。

中央美院里的靳尚谊

“这个展览，构成了靳尚谊的艺术世界的丰沛气象。在中西融合这个时代课题上，靳尚谊创造了前人未达到的崭新意境和高度。”从摄像机前走过的时候，我听见了这样的评价。密集的观展人群中，记者正在采访一位学者。

由文化部、教育部、中国文联、全国政协书画室支持，中央美术学院、中国美术馆、中国嘉德广州国际拍卖有限公司等单位联合主办的“靳尚谊艺术回顾展”于 2005 年 4 月 1 日在中国美术馆拉开帷幕。

我接到邀请时，犹豫去不去，摄影记者张颖说：“肯定去啊。大师的作品一定要看。”于是，我俩按时到达美术馆。这个活动结束三个多月后，我去美院采访了靳尚谊先生。

那天，我是和摄影记者李长春一起去的中央美院。

正值夏日，先生站在楼道里等我们。在他经常办公的一间屋子里我们坐下来交谈。那是个很简单朴实的场所，只记得他坐在一个布艺沙发上，窗子是打开的，窗外的树叶遮住了半窗的光线。

我提到4月1日我们去参加美术馆活动的事。他很开心地说，2005年4月1日，是一个值得美院师生铭记的日子。因为这一天，是有着87年办学历史的中央美术学院的校庆日。

“我在这所著名的艺术学府担任了十四年院长啊。之所以选择在这一天举行自己的艺术回顾展，是当作礼物献给母校的。”

时年六十一岁的靳尚谊面对着我们的镜头，很自然地聊着过去。

我后来在我的文集《挂满情怀的生命树》中，收录了这篇专访。并把在报纸上发表时的原标题在文集中改成了《他走进新中国第一代油画家的行列》。

为什么要改成这个标题呢？其实是因为靳尚谊先生那天讲给我们的故事中，有一段初学油画的经历，在他看来，那是他一生最好的起点。他说他永远不会忘怀指导过他的所有老师。1949年，靳尚谊十五岁，这一年他考入由徐悲鸿任教的北平国立艺专。一年后，中央美术学院成立了，他得到吴作人、董希文等名师的正规训练。他二十岁的时候，进入苏联专家马克西莫夫执教的油画训练班学习。

在苏联学画，是多少学子梦寐以求的理想啊。在那个集中了当时全国各地精英、代表新中国油画最高水平的课堂里，靳尚谊是年纪最小的一个。两年以后，他凭借优秀的毕业创作进入新中国培养出来的第一代油画家的行列。

他是一个画家。但我在采访他之后，感觉他更是一个美的设计者。

美院的培养，给了他生存的基础，但他给美院带来的画风，成就了美院的一道风景。

按说，奔七旬的老人该退休回家安度晚年。古时候，这个年龄段被称为古稀之年、悬车之年。杜甫《曲江》有“酒债寻常行处有，人生七十古来稀”的诗句。而靳尚谊似乎早已和这样的称谓绝了缘。他游走在油画的世界里，依然充满创作活力。

后来，这篇采访见诸报端。有很多人读了之后说，你们的报纸也能采访这样的美术大家啊。这是最好的报纸广告了。

惊喜之余，我才清楚广告学所具有的人文品格和人文精神。或许，就是从那时开始，我在做任何一个版面的时候，都树立起了这样的理念：肯定人的价值，弘扬人的正面力量。这会给报纸带来阅读量。

那个画展，是靳尚谊从事艺术创作五十余年来的第一次大型个人画展。傍晚时分，当他沿着美院里的小路散步的时候，总是会从内心唤起一种美好情绪。就像他在《青年女歌手》《果实》等作品中所表达的回归人性、呼唤美好的社会理想。他笔下的众多青春女性肖像，成为新的文化主流中醒目的浪花。

说到这里，就让人联想到在20世纪80年代初，靳尚谊用《塔吉克新娘》系列肖像画给画坛带来的那股清新、清纯之风。

在中国社会刚从纷乱中解脱、人们的精神空间需要美好理想的那个年代，他的作品恰逢其时地在人们面前展开了一个崭新的世界。含蓄的神情，典雅的格调，纯净的意境，他用作品的整体立意呼应了当时社会文化心理的希冀与向往。

思绪打开了，靳尚谊眼前一片广阔的原野。油画作为从外国引进的画种，经过几代中国艺术家从吸收到创造的努力，已在现代形态的中国艺术中占有重要位置。在这个努力的过程中，靳尚谊等一代画家把发展油画当作自觉担负的文化使命。

"我想反映中国人的优秀气质风貌。"

表达人的主题，是靳尚谊在艺术上表现出的个性特征，也是他艺术创作的时代特质。画展上，几个年轻的姑娘驻足在《瞿秋白》的画像前凝思不语。这幅作品以人物身份的特定性展示了靳尚谊在"人的主题"上的深化，体现了对人自身价值的歌颂。这和他对理想美的艺术追求是一致的，从另一个侧面丰富了肖像作品的内涵。

《在和平的讲台上》这幅油画，是周恩来肖像；名作《十二月会议》收藏在国家博物馆;《孙中山》获"1986 年全国最佳邮票评选"第一名;《黄宾虹》的多幅变体为当代肖像创作留下了特殊的蓝本……也正是从创作这些作品开始，靳尚谊的油画肖像构成了一个人物长廊。

历史的片段、时代的风采、现实的生活，都浓缩在靳尚谊塑造的形象之中。每一幅，都几易其稿，精心琢磨。通过对"人的主题”的反复挖掘和反复吟诵，使作品成为超越具体人物的文化精神的象征，也把他自己对西方体系的领悟融通到中国传统的写意笔墨上来。

“有机会我们想去看看您的画室。”这样的要求其实源于一种好奇。艺术家的工作室对我们而言，是一个神秘的地方。木质的调色板、油画颜料、调色油、画架、画框，还有半成品的油画……这些诱惑着我们的物件，弥漫在画室之外都能闻到的油画稀释剂的气味里。

“我去欧美考察过许多艺术博物馆，研究欧洲油画的发源与发展。特别重点地研究了文艺复兴以来西方古典油画的精华。”学习，是必需的。但仅靠学习，就能达到一定的水准吗？这成为靳尚谊一直以来思考的问题。

受到世界名作中那种崇高精神之美的召唤，靳尚谊力图在形式语言和精神价值两方面建立起自己的艺术目标。改革开放之后，靳尚谊多次走出国门，走近名作，更多地从经典作品中感悟形象塑造的精神价值。

用油画这种外来语言表现中国人，创造出中国人形象的丰富性，成为以靳尚谊为代表的中国油画画家在新时期发展精进的重要标志。

有人说，靳尚谊的名字与20世纪后半叶至今的中国美术进程紧密相连，他笑笑。看着画展上展出的一百六十余件作品，他说他都没想到这种“重逢”会给他带来如此惊喜。这些作品中除了他自己的积累外，还有从全国各地博物馆、美术馆以及私人收藏中挑选出的佳作。

展览大厅的墙面被设计成了暖红色，装点出典雅庄重的格调，越发使得展出的作品散发出经典而亲切的光彩。

油画人物、风景、素描，三大部分的作品，都是靳尚谊当年的成名之作和最新画作。所有作品真实地印刻着他长期勤奋探索、不懈追求的艺术道路，展现出这位艺术名家的精深造诣。

中央美院的历史上，记录了靳尚谊那幅《小提琴手》，这是他 1979 年创作的作品。

“这幅作品标志着他色彩感失调后长达六年的恢复期的结束。”

时光到了 2018 年，我竟然又有机会参加了“与时代同行”中央美术学院百年校庆纪念活动，观看了为百年校庆而布展的精彩美术作品。

靳尚谊说，中国油画要走自己的路。只有学好西方的艺术语言与表达能力，又具有中国传统民族文化精神，中国油画才能成熟。

“我觉得我只是在做打基础的工作。”单这一句话，就让人敬服。

他深远的思考，就如冷峻的深蓝，也如他的油画作品，离灵魂很近。

那些年工体的宏大夜晚

我们在东大桥三角地住的时候，站在十层高的楼上，能够看见北京工人体育场燃放的烟花，也能听见从那个方向传来的足球比赛或个人演唱会喧闹的余音。

没有比赛的时候，体育场就是周边居民一早一晚健身锻炼的地方，处处有全民健身运动的美好画面。

这里，也是北京国安队的主场。1992 年，北京国安足球俱乐部成立。四年后，工体成为北京国安的主场，从那时起，就有了国安标志性的绿色。国安的球迷在现场看比赛的狂热被许多镜头抓拍。

据说，1958 年 8 月 31 日，北京工人体育场建成并正式投入使用，成为当时我国最大的一座综合性体育场。北京市仅仅用了十一个月零十三天，就在北京东部国宾大道西侧建起了这座能够容纳八万人的体育场，成了中华人民共和国成立十周年大庆时北京著名的“十大建筑”之一。

与早期的工人体育场相比，现在看看，它已经变了太多。体育场在北京老、中、青三辈人的印象中，扮演着许多角色。但无论它怎么变，人们记忆中体育场所承载的荣光犹在。

要知道，之前这里还是一片芦苇塘和臭水坑。那时，谁也没有想到，将来这个地方会吸引那么多的人来此观赛、看演出、参加各种活动。

钦佩那时建筑者和设计师的远见卓识。从地理位置上说，这座体育场东接三环路，西邻二环路，而它正处在中间位置。由于建设时间早，地盘扩展不受局限，足够广大。从影响力上又早已超出了体育本身，逐渐成了京城户外大型演唱会等文化活动举办首选地。

最早的几届全运会都是在工人体育场举行的。1990 年 9 月，第十一届亚运会在这里拉开大幕，那是中国第一次举办大型综合性国际赛事。后来，男足国家队长期主场、亚洲杯和奥运会比赛都在这里精彩呈现。

过去，有些老北京人常说，工体之于中国体育，是殿堂般的存在。而对于更多来此追梦的人来说，这里承载着他们数不清的希望。

2019 年，在使用了六十多年之后，北京工人体育场即将迎来新生。

作为 2023 年亚洲杯足球赛开幕式和闭幕式以及决赛的举办地，北京工体已启动保护性改造复建，将于 2022 年年底全新亮相。

改造？复建？未来的工体还是心目中那座白色的工体吗？

拂过朝霞夕阳，犹见昔日时光。

昊子中考前，北京市教委要求学生体育成绩必须达标。周末，我们用轮椅推着奶奶和他一起来到体育场，看着他围着环形跑道一圈又一圈地跑。

奶奶心疼孙子，一个劲儿地叫停。昊子汗流浃背依然在跑。因为，爸爸在一旁鼓励他说，现在看台上的人都在为你加油。

其实，看台上空无一人。

那半个学年里，每到周末我们都会来这里训练，直到昊子体育成绩合格。昊子学游泳，就是在工体学会的，并在这里拿到了深水证。

难忘摇滚激情，呐喊生命强力。

那是 1986 年，二十五岁的崔健，在北京工人体育馆，成为一个时代的精神象征。随后，唐朝、黑豹、窦唯、张楚、丁武，络绎登场，掀起摇滚潮流。

很快,《一无所有》传到美国。据说，陈丹青站在街上听完，已是热泪盈眶说他第一次把“我”唱出来了。

“第一次唱出了‘我’的概念。”

“一首歌，一个年代的真实写照，一代人的心灵体现。”

2005 年的冬天，创作出《灰姑娘》的郑钧在工人体育场给众多歌迷留下了难以抹去的温暖记忆。熟悉的歌曲，熟悉的旋律，歌迷的呼唤，感动人心的返场演唱……真正符合了演唱会的主题：温暖呐喊。

坐在看台上看那些赛事的记忆，总会撩拨起一种情绪。

2018 年 9 月 29 日晚，中超联赛第 24 轮北京国安和上海上港的焦点“战役”在工人体育场进行。那场比赛，工体涌入了近五万球迷，至今还有人记得比赛进入第 65 分钟时，上港队率先攻入的那一球。

在工体现场看足球赛，早已成为北京人心中特有的情结。

那些年工体的宏大夜晚也成就了京城的性格。夜店文化逐渐兴起，一片街区，开始在夜幕下绽放出璀璨灯花。

许多歌星，看中了这片区域，认为工体就是他们可以更好表达的最为广阔的空间，也是促使他们创新的另一片天空。

年年岁岁，工体重复着各种比赛活动、演唱会的盛况，不知道曾带给人们多少次感动，原本平凡的生活添了几许情韵，从此变得别致有味。

白天与黑夜之间，是谁借着工体这块舞台遥望过自己的梦想？

某个流光溢彩的演唱会上，旋转的灯光温情脉脉地守护着演唱者和歌迷，无形中制造出一种高度。就像那灯的光束，时而照在身上，时而冲向夜幕中的天际，让人畅想着如何才能抵达自己想要的那种高度。

追梦之旅，从工体开始。

东大桥的邻居路上碰见我，打招呼的几句话就是：你们搬走了，新家那边有工体吗？没有吧？晚上有咱这边热闹吗？没有吧？就欠考虑，这里可是黄金宝地，怎么说搬就搬呢？

被视为黄金宝地的工体及其周边区域，还真是我们割舍不下的地方。其实，工体的建筑设计构造简洁，却因为宏大活动带来的动感，让这里的夜晚弥漫出浓烈的青春气息。

那时候，站在我家阳台上向远处望去，就是一片灯的世界。

而工体方向的灯光，在建筑背景的映衬中，变幻着色彩，若隐若现地跳跃，暗合了宏大夜晚的表达。工体最拉风的画面都在夜晚。无数集体狂欢的时刻，喧闹、呐喊，异常兴奋，无论如何也平静不下来。

在工体的留影中，有几张是在全运会开幕式上的纪念。背对着在体育场上行走的运动员代表队，面向看台上的观众，灿烂地笑着。只是，近视眼镜片上有一道光，遮住了近乎半个眼睛。那晚的气氛，已经由不得我不立刻站起来抓拍。

经年累月，不曾改写过对工体那一个个宏大夜晚的留恋。

期待，这个保留着北京城市记忆的地方改造后，工体的不眠之夜更加绚烂，情思如昔。

如此长情的海淀 绿色记忆

在已经看不见村落的海淀区，我们想找一个理由，观看；同时，也想找一个理由，再来。

面对那一片又一片绿色的山水、花草、树木，甚至鸟类，我们会发现自己做不了隐士。因为，我们那么容易被这片土地感动，从南到北，从东到西，我们的脚步根本停不下来，也慢不下来。面对着醉人的绿野，无法心如止水。兴致勃勃走着看海淀，心情早已被一处处风景点燃。

听着那些流传下来的故事，感觉并没有出神入化的内容，可那些烟火人家的大事小情，怎么就走进了我们的心中？

有关古城的史话点缀在现代绿色科技的表现手法中，给了我们登高望远的情怀。

长达千年的生活习俗中，不变的心愿是，一方水土保一方平安。海淀的气质，被一片浅绿深绿衬托得酣畅淋漓。哪怕只是一个瞬间，都呈现出一种与众不同的壮观。

伫立在海淀的时间点上，读城区绿化的无限风光，读城区人的热情好客，读城区生活的五彩斑斓。皇家贵气和民间烟火结合在一起，让我们对海淀有了全方位的记忆。

我们脚下的这片海淀土地，有小桥流水的江南，也有绿茵漫漫的草原。喜欢每一个季节里充满生命力的海淀。初春，初夏，初秋，初冬，任何一个季节的开始，都拉近了我们与海淀的距离。

听说，多少搬离海淀的人们，都无数次地回来重觅海淀的独立风格。在极具看点的每一个公园，复盘了海淀从里到外发展变化的过程。没有想到，电视里的画面就在家门口，慢慢呼吸，清空了头脑，享受舒适的环境带来的温馨。

老的屋脊，老的院门，老的砖瓦，老的设计……那些不被注重的物品，在这里都是宝贝。一瞬间，只觉得颇有味道。海淀带我们回到从前。虽然，它正以崭新的方式来应对发展中的一切挑战，但在环境保护方面给了百姓生活的舒适和尊严。

在充斥着断舍离理念的时代，能够保留住这些原始的、原生态的东西，实属不易。谁又能断定，若干年以后，这些物件不能成为新的传奇？

唤起一种想象力，将之打造成大众的栖居之地，海淀为促进审美意识所做的努力就在眼前。

景观模式被大量复制，从空间到技术，把关注点顺着时间的长河捋一遍，就连那便于渗水的碎石子路，都能穿梭于记忆，带给我们古往今来的怀想。

置身山水间，置身树林中，那种安详又悠然自得的气息好像让人们回到了童年。今天的科技手段已经让我们日常的工作生活提升了品质。难得的是，海淀周边竟还保存有良好的生态资源。

一片片绿色的树林、草坪，覆盖了田野。远远望去，依稀能见到树木中露出的院墙。之前聚集的和散居的村落不见了，仿佛在探寻大地边界的时候，我们只看见了今天的云。

大尺度建绿，大密度增绿……这样的词汇，近几年看见、听见得很多了，已经在不知觉中牵引着人们的视线。不能说一天一个样吧，但那种变化给了海淀新的模样。是在一夜之间发生的变化吗？忙忙碌碌的人们并没有刻意观察过。只是，让人安心的环境就在眼前，紧张工作一天的人们，回到一个花香、草香、树香的绿色环境，倦意全无，那种紧张也被美景冲散了。

就像露营时，灯光已经没有了意义，要看的、想看的就是满天的星星。海淀给了人们视觉上的美感。各式各样柔软的花草，高高耸立的树木，幸福感十足的一张张笑脸……再加一双眼睛，似乎都看不过来。

对于海淀百姓来说，家门口的公园越来越多了，还出现了科技公园，十几项科技体验项目，一下子就拉近了人与科学技术的距离。

AI 智能跑道，这要放在前几年，人们总会认为那是健身房里才有的高档设施，和百姓的生活并无关联。而今，智能跑道的直接受益者就是海淀的百姓。以公共空间为载体，让人们在运动时就能看到自己的运动量，感知到运动的快乐，既科学又贴心。

一只会说话的智能垃圾桶，一组地面上的音乐科普互动装置的琴弦，一个可以调节温度的座椅，还有公园入口处的数字水帘，不仅提升了公园品质，而且多了一份游园的乐趣。

一万平方米的公园的地面不会因降雨而出现积水，因为整个公园是以海绵体为主建造的。充分地吸收雨水，雨水渗入地下，并不影响人们行走和游园。

鞋上没有泥，脚上不沾水，徜徉在雨后的公园里，那种清爽和惬意自不用言说。

“这样的海淀，你喜欢吗？”

墙上花园，空中绿洲，立体绿化，见缝插绿，应绿尽绿。多林种，多树种，多色彩，多植物……地锦、凌霄，依附在墙面上攀爬，越过窗口，越爬越高，向着太阳光的方向往上伸展。

以往，人们喜欢把国外那种被绿色植被覆盖的办公楼的画面裁剪下来，当成装饰画挂在家里。向往，憧憬，却不太敢奢望自己有一天会在这样环境的楼房里办公。

而今，一切都从画面中走了出来。甚至，比装饰画中的环境还美，更有意境和创意。从绿化建设型转入绿化美化产业化并举，海淀区力图在森林中建城的愿望正在实现。

办公绿化环境，绿化心情。校园绿化，让人重拾情绪的宁静。

在北下关街道北京开放大学的校园里，在科技园处置绿化的氛围里，在东升镇奥北科技园绿化环境里……到处都是醒目的植物和花卉，凭栏远眺，水流潺潺，鸟声鸣唱，一派赏心悦目的风光。

人们曾经迫切希望构建的那个轻松舒适的工作环境来了。

绿色植物作为办公室周边、校园里的装饰，增加了空间层次感。植物的光合作用，满足了人与自然的生态平衡，感觉呼吸都顺畅了。

绿色科技就在我们身边。科技与园林的结合，让人体验到科技、绿色的零距离。所有的记忆，都将在一个小小的优盘里，复活。

今天的海淀故事中，科技园内的生态绿廊“不仅可以实现创新创业的梦想，还能够承载诗和远方”。

海淀的环境美学值得一书。这来源于绿色海淀、科技海淀的传奇书写。海淀需要安放得住记忆。因为，这份记忆承载了昨天和今天的海淀，能唤起人们留恋她的情感。

“这样的海淀，你爱了吗？”

中华世纪坛里的『光影铎目』

京城的四月天绽开她宁静绚丽的笑脸，迎接着来自四面八方的人们。

坐落在北京市海淀区西长安街延长线上的中华世纪坛，是为了迎接 21 世纪新千年而兴建的。现在主要作为中华世纪坛世界艺术馆使用。

世界艺术馆位于世纪坛主体结构内部，是中国第一座世界艺术博物馆。那年，在一个时间节点上，就是在这里的雕塑馆，举行了陈铎先生"'光影铎目'陈铎摄影作品展"开幕式。

欣喜之余，不禁为陈铎老师倾情摄影、倾情生活的热情和执着感动。

"你从雪山走来，春潮是你的风采；你向东海奔去，金涛是你的气概……"1983 年，中国和日本合拍的一部描写长江和长江两岸人民生活的纪录片《话说长江》，由中央电视台播放。一共 25 集，引起了全国观众的强烈反响。

纪录片有浓墨重彩的解说词、长江两岸的旖旎风光，以及长江从古至今的传奇故事……当时，陈铎和虹云两位艺术家绘声绘色的解说，让众多的中国人记住了他们的名字。

在世纪坛办展览那年，陈铎七十三岁。他以自己摄影方面的成就，重新凝聚起众人的目光——那一张张凝固时光变幻、人物情结的照片，其实是陈铎对自己心灵的一次次回访。

这种访问，没有明确的时间地点，却有着鲜明的思想观点。他的摄影作品打开的不只是他自己的激情，也点燃了观展人的激情。五彩的光影世界里，他涉猎的题材广泛，人物、动物、风景、民俗均有记录。

纵然京城有许多新落成的或即将竣工的建筑，但世纪坛始终保有它的品位和地位，提醒着人们它与众不同。陈铎把自己的展览放在这里举办，说会演变成他心底的记忆。

从 20 世纪的黑白胶片，直到今天的数码单反，时代变迁吐故纳新，大千世界光影夺目。一幅幅生活瞬间的珍贵画面，通过陈铎的镜头留存下来，折射出社会前进的每一步，沉淀出厚厚的回忆，勾勒出一个人灵魂的行程。

正因如此，当他走在城市、田野的每一处时，才能感受到大地的力量、天空的高远，感知到江河湖海的韵律。

陈铎手中的相机，搜寻的是那些飘散了的情绪，是纯朴的、回归本真的自然状态，是从心里升华了的一种审美视线中的焦点。无论是钟情于那纯美如画的自然风景，还是迷恋于那往事如烟的历史文化，或是沉醉于时尚气息浓厚的缤纷城市，他秉承的审美理念都可以让他满载而归。

一路走来，陈铎用相机拥抱山水，与生活中的人和事直面对吟。

漫长岁月中，他的镜头里记录下的历史瞬间很多，成为弥足珍贵的历史资料的照片不下百幅。至今让他难忘的镜头记忆有：

20 世纪 60 年代，我国外交礼宾改革，当缅甸总理吴努访华到达北京时，周恩来总理、罗瑞卿副总理等陪同贵宾，他们由机场乘车到木樨地下车，再步行到钓鱼台国宾馆，中途接受首都群众夹道欢迎。

铁人王进喜参观电视台。

以李富荣为总教练兼团长的中国乒乓球队囊括世乒赛全部奖杯回到北京，在机场受到热烈欢迎。画面中，李富荣在鼓掌，可神情专注于一点。这张照片被命名为《教练的心事》。意为总教练想的是得冠军易，保冠军难啊。

《真情可敬》把镜头对准中华人民共和国成立 60 周年晚会“复兴之路”排练现场。虽然是排练，舞蹈家沈培艺依然是满怀激情、一丝不苟，眼中涌出的泪花清晰可见，让人对她的敬业精神心生敬佩。

……

陈铎艺术创作室的可莉女士将一本厚厚的《陈铎摄影作品选集》快递到我手上，我认真翻阅着，忽然就默认了他还是诗人的身份。

一个画面中，他坐在黄河边上。一张茶几，一把古色古香的圈椅，一杯清茶，面对黄河，诗情勃发：“我本心已静，此刻却血脉偾张；我本神已敛，此时却形摇魄动；这就是黄河的力量。”

身穿红衣、一头银发的陈铎双手各执一彩绘木槌、敲击编钟的画面，是陈铎浪漫情怀的又一面：“轻轻叩响它沉睡的心扉，它悠悠地念着祖国的名字。那历经岁月的声音，穿越时空，在我心头徜徉。”

有一个大使馆的一秘，来到世纪坛时，错过了开幕式。他和随行的人说：“我从故乡来到了中国，也是为了看这些摄影画面。”

一秘的表述很诗意，切合了陈铎摄影展的氛围，也成为烘托气氛的背景画外音。

在世纪坛流连忘返的人们，分不清自己是为体验建筑风格而来，还是为专程观看摄影展而来了。他们沉浸在这建筑和摄影展极其和谐共鸣共生的一处，各种理由和概念都被模糊化了。

一幅油画一般的画面里，一袭格子上衣的陈铎，抒发了自己的感想：“这一墙秋天的藤蔓，装点着阿尔罕布拉宫的窗棂。倚窗眺望的人啊，不小心成为了别人的风景。”

直线看是画面，曲线观是意境。陈铎站在人群中看着远方，已经通知大家：我很年轻，因为我从零开始。

我当时以“七十三岁的陈铎还在路上”为题，写了一篇报道。陈铎老师的儿子陈雷转交给他时，或许是认可了这个标题和报道内容，每年元旦前，都不忘特意赠我一本以他的摄影作品为主题制作的台历。

世纪坛是北京的一个标志，也是陈铎的一次起点，还是我用最轻盈的笔触写在时光中的日记。

记忆需要借助世纪坛来唤醒。

因为那一天，整个世纪坛都在倾听陈铎的心语。

第四辑 >>

街区视角

JIE

QU

SHIJIAO

三里屯切换出的画面

三里屯，位于朝阳区中西部，离东三环长虹桥、全国农业展览馆很近，据说是因为距内城三里远而得名，也有说是因在北京墙外三里的屯兵处而得名。

在麦子店上班、在东大桥居住的那几年，我每天都会骑车从三里屯北街的酒吧街和三里屯东里的使馆区穿行而过。

以前，社会上流传着一句“三里屯拥有全北京最长的夜晚”。其实，这样的画面放在今天依然是最恰当的描述。因为，离三里屯最近的每一趟地铁和公交车的末班车，“永远等不到最后狂欢的人潮”。

“北京三里屯地区”，这是我听到的对三里屯最多的一种表述。这个地区，被视为京城酒吧文化的开山鼻祖，被誉为北京“夜晚经济”的发源地。

“悄无声息地读三里屯”，或许是因为这里曾经分布着近百家酒吧，你得沉住气一家一家地看。外来游客来京，首选的重要旅游景点之一就是三里屯酒吧街。

“北京时尚文化产业的窗口”，吸引着都市白领前来，把在这里产生的观念当作时尚前沿的信号，展现了三里屯对不同文化超强的接受力和衍生力。

“文化三里屯特色街区”，这里，方圆一公里，就有五家书店。独特的阅读生活圈里，周边的居民，外来的游客，使馆工作人员及家属，都能够参与互动。闹中取静，静享时光。

“最具国际范儿的地区”，既然被称为北京潮流文化的聚集地，这里自然就有着独一无二的辐射功能。交通便利的先天条件，吸引的不局限于北京人还有更多的外地人，有亲和力超强的包容度。

在这样的文化背景之下，无论又有什么新生事物在三里屯落地都不奇怪。

走近三里屯，认识三里屯。不可忘记的是属于它的地理气质。三里屯，明清时属顺天府大兴县。泛指左家庄、朝外大街、呼家楼、麦子店合围地域。

1962 年，在地域内建北使馆区，20 世纪六七十年代建成外交公寓群，三里屯一带逐渐发展成为驻华外交人员聚居、购物和外事活动的重要社区。

地域内有十条纵向、十二条横向街巷。新东路、工人体育场北路东段西侧和西段北侧，商业、服务业网点密布，而三里屯酒吧街是北京夜生活主要场所之一。区域内有塔园外交人员公寓、燕莎友谊商城、外汇免税商店、中国国际商店、三点三服饰大厦等。工人体育场北路东段两侧有城市宾馆、兆龙饭店等。

三里屯东有三里屯东里，南有三里屯南里。西北方向是幸福三村。位于朝阳区三里屯路 19 号院的开放式购物街区三里屯太古里，是近几年建成的，现在已成为北京时尚潮流生活地标。

据说，有许多人来太古里不是购物，而是看那些潮男潮女的装扮。

喧嚣和疲惫，激情和盲从，构成了三里屯快速的生活节奏。那时的太古里还只是六层居民楼的模式，那时的三点三服装大厦还是三里屯小学的位置，那时一首《相约 98》从日落唱到黎明，那时雅秀服装市场所在的商城还叫麒麟大厦……

那时，因为我只是每天匆忙路过，对那一大排酒吧门里的场景一概不知。看得更多的，是各种各样的门面。早晨上班，每个酒吧门口都静静的，而到了傍晚下班，屋里坐不下，门口摆放的加座也坐满了来此聊天消费的顾客。

还记得三里屯雅秀服装市场，和酒吧街周边一家挨一家的开着门的外贸服装店，我曾经来这里购买过价格不高但很时尚的衣服。

年轻的音乐人、意大利姑娘小叶，刚到北京工作时，曾经被她的朋友邀请在三里屯一家酒吧里驻唱。她喜欢学习中国文化，不肯放过任何一个和中国人交流的机会。后来，她对三里屯的环境和氛围有些厌倦了，发现这里并不是她想要的“浓厚中国文化的音乐圈子”，就退出了乐队。她和我回忆起这一段经历时，总觉得也是一种难得的历练，因为，她在这里认识了许多名人。

爵士乐和电音，隐约飘飞在街面上，吸引着来自世界各地的人光顾此地，并沉浸在那种店铺、餐厅和酒吧的热闹画面中不愿离去。

越来越多的购物商厦中，已经找不见三里屯原本酒香在深巷的那种暗香浮动的味道和气息，却在刻意营造出的一种繁华里，明显没有了时间观念。

如今，到三里屯区域转悠，无论是哪个年龄段的人，都可以独自出行。一个人，安静地计划出行路线。一边走，一边看，即使与陌生人擦肩而过，也不会生发陌生感。因为，你会看到，走在街面和幸福广场上的年轻人，都神采飞扬，自信满满，挺胸抬头，步履矫健，一个赛一个地穿出了模特的气质。

我知道，能够以这样的心态和神情来享受生活，其实真的不是一件容易的事情。这些人中，大部分在用他们的才能打造着自己看得见或看不见的未来，站在看客的角度，我表达对他们的理解，赞赏他们在希望与失望交替的城市里那种乐观的表现。

三里屯的味觉出游、时尚出游，加重了视觉审美与浪漫情调的分量。西餐，中餐，快餐，饮食风格多样。但我只记住了自己在此喝过的鱼汤，每每回味，都会想起那份鲜美香醇。大大的盘子，大大的汤勺，浓浓的鱼汤，占据了想象。

在美丽的繁华盛景背后，每个人的个人魅力都很宝贵。从我个人的经历，到我看见的这条街上的人们的状态，感觉自己在三里屯的每次“经过”都是一个奇妙的过程。

经过了若干风雨，本应该从中领悟到许多教训，但为什么就是不改单纯？尽管知道了很多，为什么还在说着等待？

三里屯就是这样的吧。重新又回到人们的视线中，店主们单纯的经营理念并没有走远，从零开始，建立自己的品牌，他们的追求没有边界、没有尽头。有时，收到意味深长的目光，那种仔细的审视总是不太成熟，会让人不确定那眼神是肯定还是否定。

永不停息的变化中，三里屯似乎一直在为明天拼搏，同时，又遗憾着过去那个并没有尽力的自己。从外观上看来，坐落于三里屯的每一栋建筑，时尚，现代，分明带着一种为了弥补过去的亏欠，才反馈给这里那么多优秀的内容的意味。

也许正因为每天的三里屯都是不确定的段落，所以没有必要给它定格一种含义，但它带给人们的时尚理念的影响不可忽视。这都是认真看待时尚、认真研究时尚之后才有的景观。

三里屯留住了城市生活的绚烂多彩。普通生活与现代时尚的距离，足以建构起文化的想象。当人们在三里屯感动于没有国界、不分民族的对话带来的时尚视野的冲击时，这种感受也越来越强烈。

闲逛的，看景的，不停地举起相机拍摄的，操着各国语言拿着手机步履匆匆赶路的，还有坐在大厦一角的厅堂里喝咖啡的……从过街天桥，到地下商场，人们只要来到这里，无须更多的语言，就已经实现了与周围环境的交流。

这就是三里屯的魅力：让每个行业领域都扩展了边界，而带有汗味的每个真实过程，才是人们在这时尚中站稳脚跟的精神支撑。

于是，愿意选择某一天，在三里屯与“你”匆匆相见。因为，只有让三里屯降落于“你”和“我”之间，才会积聚起繁华地带的一束光，折射出许多有关情感的记忆。

神路街周边的节奏

1998 年以前，我们单位曾经在芳草地西街办公。那时，离附近的神路街只有几百米的距离。后来单位搬迁到麦子店街，这十多年的时间里，我每次去神路街一带，总感觉除了神路街的牌楼依然安详地耸立在原地以外，它周边的环境和节奏都有变化。

当时，我家住在东大桥三角地一带，离单位和神路街只有一站地。周末，带着尚在读小学的昊子去书店，路过神路街牌楼，就那么毫不在意地从它旁边经过了。似乎它就应该立在那里，我就应该熟视无睹。后来注意到它，和我的作者有关。

副刊的作者各行各业都有。20 世纪 90 年代，有的作者还是用手稿。北京的作者有的不寄稿件，而是亲自送过来。那天，有个作者在东大桥站下了公交车，我按事先的约定，到神路街牌坊那里去接她。

作者是一位六十多岁的老北京，之前在京城各大报刊发表过诸多文章。干练，文静，沉稳，文如其人。当我后来与她交流这个话题时，她将查阅过的资料寄给了我。以前查资料，不是通过手机百度，那真得翻看好多本书或杂志，或者去图书馆查阅。所以，我一直心存感激，为她的认真，我视其为她对我的尊重。通过这件事，我对她也是敬重有加。

在等待作者的空当，我开始审视这牌楼。抚摸着这老建筑的砖石，联想到一句话：京城的老建筑，本身就是一本活字典。

我提及的神路街的牌楼，是一个三间七楼琉璃牌楼，历经岁月沧桑，能神奇地保留下来，实属不易。特别是在有六朝古都之称的北京城，是一处不可忽视的亮点。

神路街的北面，隔一条马路，就是东岳庙。据说，原本神路街和东岳庙是连在一起的。东岳庙门前有个山门，1989 年北京举办亚运会的时候，为拓宽朝阳门外大街的马路将门拆了。而今，老建筑越来越少了，连这条马路，都已经变化成透着时尚气息的商业街了。

古老的牌楼和神路街的名字是从什么时候联系在一起的？别人一问，我还真答不上来。

神路，在牌楼正面，也就是南面，是一条近百米长的道路。

也有资料说，在牌楼南边约一公里的日坛公园里能寻到它的踪迹。始建于明朝嘉靖年间的 1530 年、被称作北京五大坛之一的日坛公园，是明、清两代帝王朝拜太阳神的地方。公园的中央，现在还保留着一个用于祭祀的坛。坛的四周，是圆形的围墙，四面开有棂星门。在西棂星门外的西北角，有个具服殿。正对着西天门的地方有燎炉池。中间，有一条笔直的大道，约200米，就是这条今天看来很普通的路，当年可是铺着汉白玉的，是帝王们每年春季来此参加祭祀活动的最重要的一段路，所以就被称为神路。

帝王们是天子，天子走在人间的路上，让这看似平凡普通的路有了超乎凡尘的光芒。

还有说神路街是东岳大帝巡游时所走的路，所以得名。明、清两代，每年农历三月二十八，是东岳大帝的诞辰。这一天，官员和百姓都要到东岳庙赶庙会，除此之外，一个重要的议程就是“东岳大帝出外巡游”。

这样的传说更合乎“传说”的神韵。

以往，神路街牌楼周边很热闹。东二环朝阳门早些年就没有了，朝阳门外就是朝外大街。朝阳门在老北京的字典里是进粮的门。进京的马车都要经过朝外大街才能进城门。在城外等待检查时，就必须找个地方休息，所以，从护城河到东大桥，大街的两边开满了商铺。布庄、饭庄、药店、车店、茶叶铺、肉铺、杂货铺、澡堂子、酱菜园子、茶馆、书社……应有尽有。

清朝时期，朝阳门外还驻扎着保护京城的军队。从资料中得知，过去，这一带寺庙也多：东岳庙、关帝庙、真武庙，还有东大桥的土地庙、神路街的海会寺……而今，只有东岳庙还在，和神路街隔街相望。

后来还听说，东大桥的位置应该还有一条暗河，只不过已经被填埋了或是改道了。但是，修建地铁东大桥站时，没有听说有关发现暗河的信息。

从神路街向南走，就到了芳草地和天福园附近、日坛北路11号的朝鲜大使馆。有一年，我推着坐在轮椅上的婆婆去日坛公园路过使馆，婆婆很感慨地说，她当年知道的“外国”有限，仅仅两个，一个是苏联，一个就是朝鲜。

我有很长时间没去朝外大街了，虽然它早已成为CBD的重要门户。这条街上，坐落着蓝岛、旺市百利、百脑汇等商厦，还有驰名中外的老番服装市场、雅宝路服装市场、紫光园影院以及时尚的写字楼，处处体现出浓厚的商业氛围。现在看，被拆建的北京，能保留神路街的牌楼，让它和周边的现代建筑相依相伴本身就是一种奇迹。

作为东岳庙的附属建筑，神路街牌楼是砖石结构，恢宏大气。这越发使得朝外大街周遭的洋房别墅、欧式建筑更有“新”的意味。

神路街周边的生活节奏已经加快了。年轻人急匆匆上班的脚步根本停不下来；快递小哥争分夺秒地骑行，尽量满足客户需求；信息发达的电脑城、手机一条街，还有办理出国存款证明、购房贷款的各种名号的银行、律师事务所，以及上演创业风投、持股上市的神话，承载着无数人的梦想、理想和奋斗精神……

“如今的CBD，已经不仅仅是一片建筑群。西起东大桥路、东至东四环、南起通惠河、北至朝阳北路之间这七平方公里的区域，是北京中关村之外的另一个经济形象、GDP地标，以及新经济的标志。”

有人把朝外大街看作拥有足够个性的生活方式的地方。然而唯有神路街不语。它的传奇在繁华的街面上定格，伴着周边咖啡屋、茶吧的香韵，依然静静地守在它原本的位置上。

麦子店街上的人文风情

我工作的单位从麦子店街搬到育慧南路，是在 2015 年年中。搬家时，我正因病住院没帮上忙。出院上班后，办公室已然换了面貌和风格。

但我一时不太习惯，几次开车上班还是下意识地开到了麦子店街，到单位大门口，才忽然回过神儿来，留下几段笑谈。

麦子店街，对我来说不仅仅是一条街。

如今，只要买稻香村的点心，我仍然说要去麦子店街那家。只要说买电脑配件，我还是说要去麦子店街上的 258 商城。

最难忘的，是那年正播放《大长今》电视连续剧。商城入口处，有一个卖光碟的老人，他有各种韩剧和美剧大片。那里被喜爱收集光盘的我视为“温暖的地方”。我问他要《大长今》的片子，他说真没有。过了一段日子，电视剧播完了，有一天路过 258，那个老人在我身后使劲儿地招呼我说，有了，您还要吗?

“您还认识我？”每天人这么多，难得老人记得我。

“记得啊，您每次买我的东西都不讲价。”这是我的优点？

在258，几次偶遇熟人。甚至，曾经给我们单位做过保安的那位复转军人，都已经到这条街的京客隆商场工作了。刚进商场，就听见有人喊：“大姐，我在这里。”

定睛一看，是那位复转军人热烈的笑脸。

“你真的转不出这条街了。”每次听他亲切的招呼，都会给人很舒服的感觉。

麦子店街是东西走向，西边就是东三环路。从三环路进来，挨着路边的就是长城饭店和亮马大厦；向东走不到500米，就是农展馆。直走到东边丁字路口，往左拐是蓝色港湾，往右拐是朝阳公园西门。

那时，就有人开玩笑说：这条街上的人来自全国各地，来自世界各地。的确，总见外国友人结伴光临258电脑城，来这里买手机、买电脑，还有各种小电器。

这条街上散发出一种让人说不明白的气息：陈旧的楼院与时尚的公寓，本地人和外地人，中国人与外国人，中式饭馆与西式咖啡馆，各地方言和世界语种……据说，这条街上，有来自九十多个国家和地区的常住外国友人近万名。

一听这数字，肯定会惊讶。仅仅就是一条街，怎么就有了一个“小联合国”？

直到有一天，我看到了作家石一枫写的那部作品《玫瑰开满了麦子店》：

这里有二十四小时不关门的咖啡馆，有经营各种没用的小玩意的文创商店，有上演不插电音乐和无台词话剧的酒吧书吧。如此种种，使得几十年遗留下来的工厂宿舍和报废车间滋生了古怪的生机。这里的人虽然也是南腔北调，忙乱不堪的，但他们在忙乱之余，似乎又总是在琢磨一些别的事。不在眼前的事儿，虚无缥缈的事儿。所以半夜有人抽风大笑，清晨有人痛哭流涕，不分昼夜都有人喝多了躺在马路牙子上晾肚皮。总而言之，麦子店是既陈旧又洋气、既真实可感又令人费解的。因而，便让人感到既亲近又陌生。

这一段文字，基本就把麦子店街写活了。一条街，立体地展现在眼前。

麦子店街有着属于自己特色的方程式。至少在我看来，走在这条街上的人，不用过多地在意彼此的身世与身份，所有的精力都用在赶路或惬意观景的状态里。

印象最深刻的是无处不在的饭店。一条街上，大小饭馆聚集了东、南、西、北的口味。有家饺子馆至今让人难忘，因为做饺子的馅料出乎意料。茄子馅的、西红柿馅的、藕馅的，甚至黄瓜馅的、金针菇馅的……之前，我都不敢尝试用这些日常的蔬菜做馅料，人家就已经做出了招牌。

饺子馆里还有道招牌硬菜，水煮鱼。鲜美滑爽的鱼肉，漂浮在麻椒烧制的油锅里，鱼肉下面，是黄豆芽。麻辣的口味和别处不一样，爽辣不腻，会立时生发吃完这回就想着某天再来吃下一回的强烈冲动。

常见许多外国人坐在饺子馆临窗的桌子前，等待着饺子上桌。有中文说得好的，会和我们一样，招呼服务员先要上一碗饺子汤。“原汤化原食”，他们也学会了。

满街的漂亮海报是在节日前后才有的景观。蔚蓝的天空下，这条街上呈现的是一种自由自在、悠闲的画面。

街道两边的树梢在空中相拥，搭建起一条长长的林荫路。无论是走在这街上，还是开车经过，都有恍惚进入童话森林的感觉。

麦子店街是一个需要花时间去品味的街道，兴致盎然的时候，慢慢游览这街上的每家商店、饭馆，才会从那些不被人注意的角落中寻到一些故事。

农展馆每次有农产品展销会，这条街上就会热闹起来。总见那些大爷大妈们买回大包小包的土特产，互相询问着、介绍着，乐此不疲地一趟又一趟地来往于展会和家之间。那种大丰收的喜悦，像过年一样。

在这条安逸的街上，没有人停下或快或慢的脚步，擦肩而过时，能感觉到所有的人并没有满足原地打转的生活。

“中国热”，是从麦子店街开始的吗？不约而同选择在这条街上生活的外国人，从不同角度看到不同的面貌，但无一例外地将自己融入这里的生活，甚至，夜幕来临时，不问自己明天的行程。

一种不加渲染和修饰的平民风格与街头的艺术氛围相融。一个修鞋的老人，就在桥头边上守着一个摊位。一边倾听着人们聊天，一边利落地侍弄着手中的鞋。他的手艺几近失传，继他之后，恐怕没有人再来这里摆摊。他心里清楚，自己的儿孙都瞧不上这门手艺。

听人说，老人的照片已经是外国人眼里的视觉艺术。

他听了，笑笑。古铜色的脸上是明净的温情。

“请问去麦子店街的路怎么走？”东三环边上，问路的人茫然四顾。

“拐过去就是了。”这样的回答有些简单。但只要不过亮马河，找到麦子店街并不难。

蓝色港湾遇见最美的缘

春节期间去蓝色港湾游玩，还是在我家优宝不到一岁的那年。如今，优宝已到了能够站在讲台前发表演说、竞争小学二年级班干部的年龄了。

“姨姥，姨姥。”这是优宝对我的称呼。“我放假了就去北京看您。”远在山东的优宝很会说话，让我这个做姨姥的更加喜爱她，听见那甜美的声音，我也有些想她了。

我想，假期若她真的来了，我会带着她到之前抱着她照过相的每一个地方再照一张，作为美好的纪念。其中，就有在蓝色港湾那下榻式广场上的留影。

一直想把与蓝色港湾的缘分记录下来。因为，曾经有友人来京，我想带他们看的第一个景点就是蓝色港湾。纯真而又简单的友情、亲情，在这温润的色调里，落入彼此的心怀。

记得弟弟那年夏天来京开会，中午，我请他去一个叫左岸的地方吃饭。不知道为什么，那天人很多，每家店都要等位。我们只好转到蓝色港湾北面那一溜餐饮店面，随便找一家就进去了。

是火锅店，但格调不同。在充溢购物氛围和时尚气息的地方吃火锅，也会体验到所有食材的价值感。

饭后，我带弟弟去购物区给他买了几身衣服。他就像回到小时候，跟在我身后，惬意而放松。多少年了，我都不会忘记他曾经在我赴京工作的车前抹眼泪的模样。

“还记得老家健康路上的那间商店吗？我去给妈妈买雪花膏，你跟在我后面要买冰棍吃。”随手一拍就是风景的蓝色港湾，有六百多家零售名店，但在我们眼里，都蕴含着温馨的记忆。应该说，它们唤起了我们的回忆。

姐弟两个倚在意式小楼前的墙边聊天，享受着阳光。在这个国际商区一角，我感觉弟弟的到来给欧式的蓝色港湾增添了一抹亮色。洋溢着浓郁的异域风情的街面，是弟弟儿时曾经画过的一页。只是，那时，蓝色港湾还没有轮廓。

那次五姐一家来京，我期盼已久。我们带着她的小孙女在蓝色港湾的儿童游乐区玩。孩子开心地一次又一次地顺着滑梯滑下来，在一片彩色的海洋球中沉浮。只有五六岁的小姑娘，竟然知道如何在蹦床上掌握好平衡，看着她越蹦越高的高兴样子，大人们都舍不得移开视线。

中午，我们在靠近朝阳公园西北湖岸的一家餐厅坐下来。

这家餐厅与那个叫作左岸的地方挨着。临水而建的左岸酒吧街有一家牛排馆，我们以重逢的名义在这里吃了一顿饭。

隔着窗玻璃，边吃边注视着窗外过往的行人，烤牛排的香味融合着欢聚的气息，停落在那一刻的心里。

从一条街上走来，往另一条街走去，各种时尚画面交替。

名品珠宝、艺术画廊、美发沙龙、单向街书店、雪茄店、美食街、高档西餐厅、咖啡座、服装店……蓝色港湾的时光带着不可言说的香味。漫步于此，高街一往情深地牵引着我们纯粹的向往。

“周末到蓝色港湾聚餐。”不止一次，听到这样的邀约，也发出这样的邀约。

有一次，站在《浙江日报》驻京工作站所在的二十一世纪大厦的楼上，望向位于楼南面的蓝色港湾。往西看，就是紧挨着它的好运街，紧邻亮马河。再往东南看，是朝阳公园的西北湖岸。诗人吴重生带着好友把目标锁定在蓝色港湾。

吃什么已经不是主题，那晚的聚会变成了诵读会，倒是惊喜。

尽管，街面上流动的身影占据了最热闹的区域，悠闲逛街的人们、牵手散步的情侣以及行色匆匆的外卖小哥都各有目的地，也许，只有我们几个人，在这里的一个小小的空间里，把关于生活、关于梦的话题，放大，再放大……

丰富的想象力，其实来自儿时连环画中那些东西方古老建筑的诱惑。在蓝色港湾，或许就能寻到那么一点现实写真版的真实存在。大家在小雨中会集，把不愿意长大的童话梦也相约到一起。

曾经听人说，亲情友情故事熔铸英武精神。当时，咀嚼半天，没有想出具体意境。随着年龄增长，细心体会，竟对这句话的含义有了新的理解。亲情友情的回音，一点一滴泛起，在这又一次的重逢中震撼人心。

暖人的音符，是亲人各自在生活中酝酿出的最原汁原味的东西。行走，站立，都有韵律。不知不觉中，自己也成为一定意义上的蓝色港湾写真者。

青海的玉红来了。她和我的友情是镶嵌在每一篇文章中的理解。

我希望让她认识京城的多面风情。于是，相约在蓝色港湾广场边上的那家咖啡厅。虽然，平时我都不会刻意来这种地方消费，但是，想让远道而来的玉红感受一下这里的氛围。那种真诚的心地，很难用只言片语形容，我们相视而坐，体味着莫名的情怀。

咖啡厅里的每张桌子上，都燃着一盏蜡烛。烛光柔和、诗意。

“你想象一下，一个年轻的你。”我们开心地笑着、说着，仿佛演绎着两个小女生逃课般的惬意。

一杯卡布奇诺，一杯拿铁，几份甜点，便把我们从以前的旁观者变成了体验者。还有清爽的薄荷茶、玫瑰花茶和柚子茶，我们每样点了一杯，以此来消除点心的甜腻。

面对面，笑容如花灿烂。轻松舒适的小天地里，我们把自己代入某一部文学作品中的某个角色，品味其间的滋味。

这果真是一个会友的好去处。在蓝色港湾，总会遇见最美的缘。

那些原本被忽视的情结被唤醒，并不容易。

两广大道深情的召唤

之前，每次去中国记协开会，我都会定好导航。

无论从麦子店还是从育慧南路出发，总觉得适时导航会帮助我节省时间、少走弯路。

中国记协所在的中国新闻大厦就在崇文门外街道珠市口大街7号，位于东城区祈年大街与珠市口大街交会点附近的西北边。

青年书法家李勇在世时，曾约我们在他工作的广渠门附近的饭馆聚过几次，围绕公益活动展开主题讨论。在他的记忆中，连接广渠门、广安门的大道及其延长线，就是两广大道。

西起西二环广安门立交桥，向东经虎坊桥、珠市口、瓷器口、幸福大街，东到东二环广渠门立交桥，这一段路，被称为两广路。

两广路是通称。其实由广安门内大街、骡马市大街、珠市口西大街、珠市口东大街、广渠门内大街五条路组成，全长8公里，是北京南城很重要的一条道路。

两广路上，有许多地标建筑：清华池的澡堂子、珠市口的教堂和电影院、丰泽园、德寿堂药店、纪晓岚故居、中国书店……如今，尽管有的招牌只留在美好的记忆中，但老招牌就是老招牌，给两广大道带来过的繁华盛景还在京城流传。

当年，电视连续剧《铁齿铜牙纪晓岚》热播的时候，整修一新的纪晓岚故居正式对外免费开放。

珠市口西大街 241 号的纪晓岚故居，原为岳飞二十一代孙、雍正时权臣、兵部尚书陕甘总督岳钟琪的住宅。他在世时，此宅院的名号默默无闻。到了一代名臣纪晓岚居住时，这里才声名远扬。

纪晓岚的《阅微草堂笔记》写的就是这所宅院，被鲁迅先生盛赞：“雍容淡雅，天趣盎然。”由此奠定了这所坐北朝南的老宅院今天的名望和地位。纪晓岚给自己的书房起名为“阅微草堂”，他的《阅微草堂笔记》就是从这里来的。

纪晓岚在这里居住了六十二年。这六十二年分了两个时期：十一岁到三十九岁，四十八岁到八十二岁。被称为纪大学士的纪晓岚就是在这里完成了传世之作《四库全书》的审定工作，并写出了《四库全书总目提要》这部学术性极强的专著。

1805 年，纪晓岚去世后，这座宅院几易其主，直到 1958 年 10 月 1 日，晋阳饭庄在这里开业，未再易主。

如今，悬挂在门上的匾额就是由纪晓岚第七代后人纪清远先生题写的。那年与纪清远先生同行贵州荔波采风时，我还不知道他与纪晓岚的关系，只记得谦逊的他在北京画院工作，并创作出了许多值得珍藏的画作。他也很少介绍自己的家世，平时像普通人一样和大家亲切交往。但社会活动多了，久而久之，大家都了解到不少情况。我听到最多的，是纪清远力保纪晓岚故居的故事。

当年广安大街修路时，拆迁面积很大，这所阅微草堂也面临着被拆迁的危险。纪清远得知后，赶紧给北京市政府写信，呼吁市领导在城市道路改造中对故居给予关照，以保存住阅微草堂。

他是以一个普通百姓的身份写的反映信。最初，他听到两广路工程扩建的消息时，就担心可能要威胁到文达公（纪晓岚去世后御封的谥号）的故居，于是，他先是给故居的产权单位晋阳饭庄打电话了解情况，得知故居在红线 20 米之内应拆的位置，他真的急了。一旦拆了，无法挽回，也无法还原。这可是历史文化遗产啊。

市政府很快给了回应。说，市政协正组织学者考察两广拆迁工程，想专门邀请纪清远先生参加。在考察工作后，市政府领导给出明确批示：此处文物需要妥善保护，道路不必求直，能让则让。

纪清远听到这个结果激动地和大家一起热烈鼓掌。

有关部门又进行了多次研究论证，将这一段路南推了十余米，整条街道自此呈南弯形态，特地为纪宅拐了一个弯。

接着，纪清远继续着下一个心愿：把晋阳饭庄迁出去，还故居本来面目。于是，他继续呼吁，重申保护故居的深远意义。没想到，建议又被政府采纳了。不仅将纪宅门前的公交车站东移了，还在各方共同努力下，让纪晓岚故居成为古迹研究基地和南城的文化亮点、旅游景点。

“一个弯，保了好几处文物。”让两广路拐弯的决定是英明的。这一个弯不只是保了纪宅，也保下了纪宅周边的三处建筑：虎坊桥十字路口西北角的京华印书局旧址、纪宅东边的德寿堂旧址和珠市口附近的基督教堂。

我去故居时，这里还是晋阳饭庄。师友们在此相聚，饭桌上听了不少有趣的逸闻旧事。看着眼前清式砖木结构的两进四合院的建筑格局，当时就想，北京的故都风貌，正如老人们所说，怎么少得了古槐、紫藤、四合院。早年间，北京胡同里的四合院中，大都有藤萝架。每到五月花开季节，紫红色的紫藤花就是最美的点缀，让四合院也和这紫藤花一样显得古朴高雅。

2002 年 11 月 30 日，《北京晚报》报道说：“坐落在广安大街虎坊桥街边的纪晓岚故居，门前那棵足有两百多岁的紫藤萝还在……”

临街而立的十丈紫藤萝，枝干虬曲，姿态苍老，但那遒劲的枝干，顽强有力。据说，这是纪晓岚亲手种在院落中的，后因房屋拆迁，被移栽到了门外街边。据说，老舍先生来这里赏古藤时，曾留有一首七绝：“驼峰熊掌岂堪夸，猫耳拨鱼实且华，四座风香春几许，庭前十丈紫藤花。”

夏天看这紫藤萝，枝繁叶茂、花香满街。院中，现在还有一棵纪晓岚当年种植的海棠树，成为一种念想，守候在这里。

北京南城人记忆中的两广路，还有很多故事可说。过去，广安大街路两边，大多是居民区，交通和市政设施也跟不上京城发展，后来改造，这条街的变化让人惊讶：西可接京石高速公路，东可连东四环路、京津塘产业密集圈，成为一条便捷的行车通道。

从北京地图上也看到，广安大街、平安大街、长安街三条街，构成了北京市区最重要的东西方向的主干道之一。

在两广大道上“寻”路，寻的是它的通达。若干年后，再来此寻觅，或许会有不一样的感悟。

追思过往，情落两广大道。一缕情愫，在宽阔的街面上回旋。

前门大街上的老城风景

秋冬季，我爱穿长外套。

每一件都会带给我惊喜。褐色的、藏蓝的、本白的、墨绿的……在前门大街上浏览时穿的那一件墨绿色的外套永远留在了照片中。照片的背景是雨巷。

在老字号林立的前门鲜鱼口，有一个玻璃屋顶的雨巷，我非常喜欢。中午选择在这里的前门皇家驿站吃饭。这是一家有水文化意味的酒店。

涮肉不是吃火锅，别把涮肉当火锅。就是在这里，我接受了新的知识。或者说，是颠覆了以往的认知。

那个有着儒雅气质的师傅，指点着我们怎么吃涮肉。

“涮肉都是手切的。不要把一盘子手切肉全部倒进锅里。因为那是火锅的吃法，并不是涮肉的吃法。火锅是把食材倒进锅里煮，煮熟后才可以吃，多少有炖肉的意思。可涮肉就有讲究了。筷子不能离开手，夹一两片肉，放在滚开的水中，大约十秒钟取出，直接蘸小料，能吃出羊肉的鲜味，有些甜丝丝的原肉味。更讲究的，涮肉要白水清汤才更好。”

嗬，一顿涮肉吃出了文化。

看着排长队的人们等位，我们渐渐地从琢磨肉味中的“鲜香”追寻起食材的来源。老北京涮肉，也是老城风景之一。吃了，看了，总得明白哪里产的羊肉适合涮着吃吧。

“不是每个地方的羊肉都适合涮肉。只有宁夏固原出的滩羊、内蒙古锡林郭勒盟的蓝旗羊才好吃。”

“为什么只有这两个地方的羊肉才好吃呢？”来北京观光的人们来自东南西北，听见说食材来源，都很感兴趣。

“宁夏的羊吃的是沙棘、野韭菜，内蒙古的羊吃的是沙葱。和地方的土质有关。关键一点，它们喝的都是黄河水。”这真是打开眼界的解释。以前只知道吃，谁还顾及这么多。

所以，我对雨巷这个特别的去处多了一份情感。

饭后，沿着前门大街一旁的胡同进入后街。这里又别有洞天。尽管没有大街上规范化的门脸房，却依稀看得见老城的许多特色小吃和风貌。

随着时光流逝，老城的痕迹大多已无踪迹，但老城的那种气息正被抢救回来，依附在那些老物件上、小吃上，甚至依托在了保留下来的完整的老旧门牌号上。

“别的地方给不了你前门大街的感觉。”什么感觉？繁华闹市中的一个小宇宙，独立而潇洒，大气而从容，开放而包容。

远在国外的友人们，自小在北京城长大，回来一趟，就会站在正阳门前，定格一个画面。收拾得整整齐齐的童年、少年和青年，还有未来想象中的自己，跨越时间相遇，一种无以言状的归属感伴随着，坚定的性格里始终带着一丝玩世不恭的傲娇。

就像我爱穿的长外套，远看很飘逸。是我刻意想要获得的一种效果。

潜意识里，对发生在前门大街的一切变化都能理解。

徒步走天涯的游子，总会回来。月上枝头的时候，满大街路灯都会亮起来。

有多美？比美还美。

风起，雨来，阳光地带。在每一段生命过程中，心系前门大街，都能听到一句：冬天别来。

心系前门大街上的市井风俗，就愿意在有形的街面上画无形的问候。问候的方式，荡漾着欢愉和依恋，每一刻都写满细碎的心愿。

转眼到秋天，大半年过去了，我又去了一趟前门大街。

位于中轴线上的前门大街，北起前门月亮湾，南到天桥路口，与天桥南大街连接。明嘉靖二十九年（1550 年），这条大街是皇帝出城赴天坛的御道。建造外城以后，成为主要南北街道，民间都叫它前门大街。

800 多米长的一条商业大街，行车道很宽，足有 20 多米。明、清、民国那会儿，被叫作正阳门大街。1965 年才被正式定名为前门大街。

北京最著名的大栅栏就在这条街上。大北照相馆还在，同仁堂药店还在，内联升鞋店还在，瑞蚨祥绸布店还在……有它们在，北京老城风景的神韵就在。

向左，向右，向前，向后。时间慢下来，回到纯净的小时候。那时眼中的前门大街，藏着童真的奇思妙想。一个城市、一条大街的记忆从此开始。

“中轴线风采”“老北京最热闹的地界儿”。

还有老北京人爱说的一句顺口溜:“东四西单鼓楼前。”说明这几个地方在过去都是游人爱去的商业区，而其中最繁华的自然就是前门大街。

清代文人余清源在《春明丛谈》中，曾经给前门大街勾勒过一幅简笔画:“珠市口当正阳门之冲，前后左右计二三里，皆殷商巨贾，前门大街设市开廛。凡金银珠宝以及食货如山积，酒榭歌楼，欢呼酣饮，恒日暮不休。”转一圈前门大街，足可以完成购物、餐饮和娱乐休闲等“节目”。

之前提到的大北照相馆，是北京最老的照相馆。著名的大栅栏、纪晓岚故居、琉璃厂都在前门地区，所以，这里的建筑风格能够保留下来、也值得一记再记。

从个性的角度梳理对前门大街的感觉，不是单纯在叙事，也不是单纯在抒情，而是叙事和抒情并驾，旅游过程都是亲历的、看到的、听到的，因此有了个性化的语言。

新的发现、新的感慨，甚至新的思想，令人重塑记忆。

从古到今，从里到外，由近及远，记忆里前门大街的视觉效果，使原来的故事更加鲜活生动，让人重温过往烟云，记取历史沧桑。

前门大街的故事内容，放大了人的心思和胸怀。

是谁说的，任谁也回不到历史现场。但是，历史能连接未来。

一条街是城市的筋脉。在商业气息弥漫街面的今天，推开任何一家饭店的门，也就等同于拉开了满目的惊喜……

第五辑 >>

空间边界

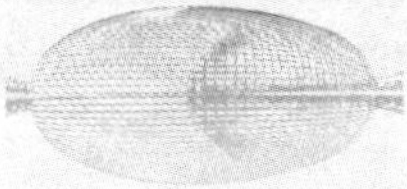

KONG

JIAN

BIANJIE

国家大剧院
多元的声音

一

空灵的口琴声钻进了我的房间，窗帘外的天亮了。

演奏者是楼上的还是楼下的人并不十分清楚，迷宫一样穿梭过后的琴声喊醒了我。

久违的琴声，好像一种久违的情绪。

我的情绪反复地在这琴声中跳动，平凡的时光定义成极致的精彩。事实上，这仅仅是音乐的一个点，而我把这个点放大了。深深扎根在心中的一种沉思苏醒了。这是被音乐唤醒的。

片刻，琴声没有了。我赶紧打开了自家音响，让音乐继续。寂静的房间里，回旋着吉他绵长的震波，我情不自禁地随音乐吟诵一段诗文，一天的生活就这样开始了。

那个夏日，有广东友人一家来京旅游。正赶上周末，一早，我接上他们直奔国家大剧院。

因为，他们家的孩子头一天就说若不去国家大剧院此次旅行就不算圆满。所以，按照孩子的心愿，我们的目标确定了。

走进国家大剧院，是为了聆听高雅音乐。但白天没有演出，我们就将当晚的一场演出定下来了。可孩子不是这么想的，他只想看看大剧院内部的结构和装饰，看看里面都有哪几个剧场，记住见闻，回去写一篇好作文。

但慢慢地，我发现，这是一个喜欢音乐的孩子。虽然他自己并没有感觉到。

这个十二岁的小男孩，来之前做过功课。他端着相机，每拍一个地方都念念有词。

那天，大剧院里的游客并不多，所以小男孩的声音不时传来。他在给他的妈妈讲述着他所知道的有关大剧院的故事。

“你知道国家大剧院是谁设计的吗？是一个法国建筑师。”他说，“这个法国人叫保罗·安德鲁，是法国建筑学院和法兰西建筑科学院的院士。印度尼西亚雅加达机场、埃及开罗机场、日本大阪关西机场还有中国上海浦东新机场、广州新体育馆，都是他设计的”。

据我所知，保罗·安德鲁 1938 年出生于法国波尔多市附近的冈戴昂，2018 年八十岁时在法国去世。这个曾获得许多国际大奖的建筑师，一生作品颇丰，遍及世界各国。除小男孩所讲的之外，保罗与人合作设计的还有法国巴黎“新凯旋门”、拉德方斯的大拱门、日本大阪海洋博物馆、英法海底隧道法方终点站，还有文莱机场、中国三亚机场。据说，他最得意的作品是巴黎戴高乐机场和上海浦东新机场。

二

国家大剧院位于北京西长安街沿线，在人民大会堂以西、西长安街以南的位置。那一片，曾经是寸土寸金的居民区，搬迁时，演绎过很多让人感动的故事。这也是我的同事一家三代都曾经生活过的地方，虽然不舍，但为了国家工程，老人们总是一早就起来忙乎搬家的事。国家大剧院建成后，他们全家在剧院门口深情而激动地站立良久。往昔沿袭古老传统习惯的地界，被新的现代设计所取代，人工湖、绿地以及那个外部围护钢结构壳体的、呈半椭圆球形的剧院，就那么神奇地出现在眼前。

更神奇的是，整个建筑是漂浮在人工水池上的，近看远看，都有十足美感。夜幕降临时，借助灯光，大剧院在水面上的倒影构成一道景观。具有柔和色调和柔美光泽的钛金属覆盖在前、后两侧类似于三角形的玻璃幕墙切面上，让人神思无限。游客进入剧院演出大厅，要穿过一段 80 米长的甬道，其实也是水下通道。仰头，就能看见水面，可以任意想象“水面天空”的深邃。

音乐，就是在这种跳动着畅想和想象的空间里深入人心的吧。

国家大剧院地下的高度有十层楼那么高，百分之六十的建筑在地下。地面层，坐落着三幢建筑：中间是歌剧院，东侧是音乐厅，西侧是戏剧场。三个剧场独立存在，又因空中走廊相通而紧密相连。

歌剧院是大剧院里最宏伟的建筑，以金色为主色调，华丽、辉煌，歌剧、舞剧、话剧都在此上演。屋顶平层处，是一个大休息厅。每次来，都会看到有游客在这里小憩，坐在这里最大的优势是能够近距离地观望剧院精美的建筑风格。

音乐厅清新、高雅，充满独到的创意。天花板被打造成海滩的模样，充满现代艺术的抽象感。“形状不规则的白色浮雕像一片起伏的沙丘，又似海浪冲刷的海滩。”

琴声响起，大厅里顿时无声，只有音乐，唯有音乐。

音乐的魅力，从观众热烈的掌声中可以印证。音乐厅的屋顶平台设有图书和音像资料厅，方便游客弥补不能现场听音乐的遗憾。

戏剧场以中国红为主色调，真丝墙面烘托出中华民族特有的热烈气氛。地方戏曲也会在这里上演，是最具有民族特色的剧场。

国家大剧院最吸引人的地方在于多元，诸多中外艺术家的名字从这里走进观众心里。

就像我们那年走进维也纳金色大厅一样，感觉已不仅是走进了一座建筑，更是走进了音乐的最高殿堂。

三

看演出、听音乐、陪亲戚朋友参观，去过国家大剧院不下二十次，甚至还多。开车经过的次数就更无法统计。看着认真给妈妈讲述的小男孩，我忽然意识到，对一个充满好奇、有着自己感知的孩子来说，国家大剧院就是一个很好的音乐和建筑的课堂。

亚洲最大的剧院综合体，中国国家表演艺术的最高殿堂，中外文化交流的最大平台，中国文化创意产业的重要基地，国家大剧院的形象，其实从 1958 年第一次立项时就有了清晰的轮廓。

到 2007 年正式运营，时光推着四十九年的记忆走到今天。

长安街上，那个椭圆形的建筑，就是国家大剧院。周边，有人民大会堂，有国家博物馆，有故宫、天安门及天安门广场，有中山公园……与传统风格建筑相比，国家大剧院真的如人所说像“天外来客”，似乎没有融入周边环境中，显得有点另类。

而一旦走进去，那每一处新颖别致的设计真的令人感慨、赞叹。

建筑造型前卫，构思独特，“是传统与现代、浪漫与现实的结合”。

还有音乐家们演奏的风格和风度——那种洒脱、自信的微笑也同样照亮了现场观众的眼睛。节奏强劲处，他们把乐曲演绎得韵致翩然，使乐曲焕发出迷人的光彩。音乐家们忘我投入，一种音乐以外的开放精神通过他们非凡的演奏，征服了观众。

“音乐以外的开放精神”，如何诠释？我的理解是，一种真性情的释放，一种对音乐的热切追随，一种静水深流的境界，一种高雅得体的气质。听音乐的人，不一定全都懂音乐，可是在那种音乐氛围里就能够沉浸享受。在寂静无声的那一刻，萦绕回旋的旋律似乎把人们心灵的角落清洗过了，同时，也把在那角落里珍藏着的水彩般的情绪做了重新定位。

在音乐的背后，隐藏着我们的心声。

当我们的意识在北京所有的建筑上游走时，我们甚至希望自己就是那建筑。通过大地上强硬的建筑物来表现生命的自信和朝气，以顶天立地的架势展现自己心底里最想彰显的意志。这一切的背景音乐充满了温柔而又宏大的努力，轻盈却又直指人心。

国家大剧院蛰伏着多少人的飞翔之梦啊。梦从内心深处起飞，在生活的海面上跃动。

在音乐之外，我们描绘不出生活的真面目，注视存在着的某种主观，我们更渴望有音乐的空间。可以思考，可以忏悔，可以静心。乐句的起伏，力度的变化，速度的转换，声部的进入，几乎和我们的生活情绪正合拍，我们在矛盾中喜欢这自如的意境，或灿烂，或神秘，心里有一种共鸣与满足。

剧院音乐厅没有国界，美妙的音乐比语言更能表达我们的喜悦、传达我们的悲喜。

“我们走进国家大剧院，和音乐一起跳动。”小男孩的作文中，就有这么一句话。

隐藏在天文馆里的一缕情思

那年在济南干休所，听朱永顺伯伯的小女儿讲述了一段往事。她和妈妈坐在月色里，妈妈的脸在月光里显得那么圣洁、秀美。那一刻，偌大的苍穹下，整个院落都似乎隐去了，只有台阶上依偎着的母女，再无其他。

肯定有具体背景。但我听到了这几句描述，就什么都不想问了。那得是经历过多大的磨难之后，才渴望被整个苍穹的月色拥抱？

苍穹，意为苍天，广阔的天空。天上的故事有多少？

去一趟天文馆，先要了解天文知识，包括日月星辰等天体在宇宙间分布运行的现象、天体的位置、运行规律、内部变化和宇宙演化的科学……编历、授时、天文导航、预报太阳活动等，都是天文学的实际运用。

中国是开展天文学研究最早的国家之一，有最早的天象记录、天文仪器、天文台和测量技术、计算技术。

昊子幼年时，我常带着他去天文馆看看。把我们对“牛郎织女”和“银河”的好奇，穿越时空，幻化为一个比这凄美爱情更多情、更超脱的解释。

银河不比青石板，能刻下印记。但银河就在那里，遥不可及，深奥，神秘。

“天文学是理科吗？”来到这里的孩子们一定是被诱发出了强烈的好奇心。

“是的，是理科。”这门观察和研究宇宙天体的学科，是自然科学中的一门基础学科。天文知识的普及让孩子们极容易把去宇宙的行程列到未来的日程表上，影响着他们的人生选择。

昊子对生物学更有兴趣。他甚至幻想过在星空中有更多的生物生存。灯光暗下来时，天文馆演示厅就是漫天繁星了。浩瀚神秘的星空，虽然是虚拟的，但却是我们想看到的。日月星辰，斗转星移，仿佛都在这瞬间的岁月更迭中拉出了一条漫长的时间线条。我们使劲儿踩一下脚下的地面，使劲儿睁大眼睛享受无垠的天空，在一片静谧中，感受一种真实的存在。

再后来，新馆有了新的数字宇宙剧场，在穹幕上就可以拼接出模拟的三维太空环境。观众坐在剧场的座位上，仿佛坐在宇宙飞船上那样，任意在太阳、地球、星星之间穿梭。

通过人造星空模拟表演，我们触摸到了流转千万年的岁月。星座万年的变化，都在眼前发生着。所有的想象，都在这绚烂星空里随性释放出来。

相册里，至今有我陪着父母去新馆参观的照片。老妈穿着黑白相间的格子外套，老爸一身中式棉衣，在入口的玻璃钢的拱形门廊处留影。那门廊呈旋涡状，向内弯曲。那画面，猛一看，似乎正在发生着扭曲，还能感受到有一种莫名的力量拧着、压着，让那门廊变形，幻化出射向不同方向的光彩。

“新馆是一个当代的作品。”这话，听了可不止一次了。

1957 年建成的老馆，坐落于西直门外大街 138 号，是中国第一座大型天文馆。这个中华人民共和国成立初期的建筑，占地面积 2 万平方米。

从 2001 年开始动工建设的新馆，位于西城区西外大街原北京天文馆的东南方向，与北京动物园隔街相望。据说，是由美国建筑师事务所和中国航天建筑设计研究院共同设计的。占地面积也在 2 万多平方米。

新馆和老馆，都曾经给了几代人得以探索神秘太空的满足感。

新馆那“横明竖隐”的玻璃幕墙，还有弧面的衔接过渡，似乎本身就带有一种寓意，极大地延伸了天文馆盛纳不下的宇宙空间。

称它为当代作品，真的有其道理。玻璃、石材、钢结构、几何学原理、建筑学设计、宇宙学畅想、科技手段的模拟效果……难怪有人说，这样的材料结合，体现了过去与未来、艺术与自然的和谐统一。

《用建筑书写历史》，2005 年第 3 期《建筑学报》发表了这篇文章。仅一个标题，就让近 30 米高的天文馆成了北京新的标志性建筑之一。

老爸老妈惊奇地问，这座位有斜度，怎么还坐得这么踏实？

直径 18 米、地面倾斜 15° 的宇宙剧场里，模拟三维太空环境，场景格外立体、逼真。观众的座椅有倾斜，很便于抬头观看，因为屏幕就在头顶上。

今年春天，在北京郊区参加业务培训时，结识了《空间碎片研究》杂志的编辑部主任张晓帆。我俩特别有缘分，她在车场散步，我在车场停车，互相点头示意后，竟然就聊到了一起，才知道原来还是一个班的同学，于是越聊越近。

我对这本杂志的内容很好奇，听她介绍了不少知识。我们聊天，聊的真是“天上的事”。

近年来，低轨小卫星星座呈爆发式增长，各航天大国纷纷开始抢占太空资源，建设巨型小卫星星座已经成为当前航天发展的一个重要领域。但是，大量小卫星进入近地轨道可能会带来严重的空间碎片问题、频率与轨道资源占用分配问题、拥挤的卫星轨道导致碰撞事故责任问题等。她说到这里，我才明白了“空间碎片”就是太空垃圾。

随着人类探索宇宙取得新进展，我们利用空间技术的新成就，以及天文学与地学、生物学综合研究获得的进步，使得国内相关领域的科技工作者都对中国的天文事业充满了强烈的期盼。

“期盼它从硬件到软件早日与国际一流水平接轨，期盼它能有跨越式的大发展。”这是一种博大的天文情怀，寄托着科学工作者的一缕情思。

于是，慢慢地理解了北京天文馆新馆的落成意味着什么。那是一种呼唤。时代的新理念、新技术、新潮流，都开始越来越急切地呼唤北京天文馆新馆落成。这是逐梦之举。当我们仰望星空的时候，当我们站在新馆中观看天文展览的时候，我们只知道天文馆是传播天文知识的重要平台，而忽略了这平台承载了多少人的情怀和希望，凝结着多少建设者的感情和记忆。

我国筹建北京天文馆的动议是在 1954 年。1955 年春天，时任上海徐家汇观象台负责人、天文学家陈遵妫应中科院竺可桢、吴有训两位副院长之邀，出任北京天文馆首任馆长，参与筹建北京天文馆。

传说，当初选址的时候，陈遵妫与竺可桢、吴晗、梁思成、张开济等人在北京多个地方考察。曾经考虑过把天文馆建在天坛和鼓楼附近，但因各种原因舍弃。最终，定在了西直门外。

用陈遵妫的话说，选址西直门外，出于交通便利的考虑，更看重的是西直门外有北京动物园，有北京展览馆，选址在它们附近，就能形成一个科学文化气息较浓的氛围。

1955 年 10 月 24 日，这是一个值得纪念的日子——北京天文馆正式动工。总设计师是张开济。室内装饰由美术大师吴作人和周令钊等人承担并完成。

“当时，一心只想着把天文馆建成科学和艺术的殿堂。”

日月神浮雕等作品出自著名雕塑家滑田友、王临一、曾竹绍之手。匠心独运的神来之笔，让故事有了温度。

1957 年北京天文馆建成开放时，原本让人期待的场景比想象中的还要震撼，由此引来一片赞赏：“既体现民族传统风貌又融入现代风格，想不到还有这么壮丽的地方。”

“没有不愿长大的童话梦，只有想象力不足的建筑师。”北京天文馆的童话就这样合并到了城市梦想中。

留影钱币博物馆

我和昊子在位于西城区西交民巷 17 号的中国钱币博物馆那个黑色铁艺大门前的合影，一直以来都是我家先生得意的作品。在东大桥的两居室，放大到 24 寸的合影就挂在客厅的墙上。

当时，昊子还在读小学三年级。暑假的一天，一家三口骑车到天安门西侧的区域游玩。路过中国钱币博物馆门口，就把车停放在墙根处，一边歇息，一边照相。

钱币的沿革史，对于昊子来说，并没有多大的吸引力。尽管已经在门口留了影作为纪念，但毕竟没有走进去参观。当时，那门上着锁。

“钱币博物馆里面都有什么呀？”倒是游客好奇地问东问西。

这是直属于中国人民银行总行的国家级专题博物馆，钱币的收藏、展览和研究工作都在这里。收藏的都是古今中外的钱币，还有与钱币有关的其他文物，据说有 30 余万件。

后来，有机会去参观了一次。以巨幅铸铜浮雕为序幕，整个展厅布局是按照“方孔圆钱”的格式，分为中央厅和四个展厅。

按古钱币、金银币、纸币、少数民族钱币、外国钱币、钱范与钱币相关文物六大类别整理、收藏和保管。此外，馆内还珍藏有世界 100 多个国家的钱币。其中，19 世纪各国的金银币、现代纸币，占了较大比例。现如今，资讯发达，即便去不了博物馆，百度一搜，中国钱币博物馆的内容都能浏览。

只是，无论通过哪种方式获知钱币知识，都兴趣不大、动力不大。

“金钱是从某种维度证明你的价值而非能力。”直到看到这句话，转换了一个角度，从收藏到实用，开始延伸对拥有钱币的发散性思维。

于是，便把那留影的地方在空间转换。

行走在博物馆，仿若行走在落花缤纷的青石板路上。

古旧的墨青色的路，时光流逝的磨蚀给了它凹凸不平的痕迹。远看，亮亮地，在雨水中闪着光点。多少人，曾沿着这条石板路走出家乡谋生计，想着挣回钱币盖房子、娶媳妇、过好日子。发财的梦啊，一辈又一辈何曾断过？

无数个夜晚，望子归来的家人也是站在这石板路上等待。

浪迹天涯的人啊，南来北往走四方，穿行在他乡的路上。无论多遥远的地方，风尘仆仆地赶路，日夜兼程。

记得电视剧《闯关东》中有一个镜头，男主角朱开山从金矿淘金淘出了成果，一路艰辛往家赶，老远看到家人平安，就累瘫在路上了。但他带回的一袋金子，让他盖了六间大房子，成了村里的地主。

从闯关东的那些人身上重温了敢于“闯”的故事。为什么闯关东？当然有其历史缘由。清末民初，以山东为代表的中原及华北地区，因天灾人祸，民不聊生、流离失所。为求生计，大批难民涌向人口稀少、土地肥沃的东北地区。自此有了“关里人”的称呼，从关内走到关外，多少人在天寒地冻的黑土地上开垦出良田，在天涯洪荒的地方落地生根，拥有了生存的能力。

还有电视剧《温州一家人》，先后在哈萨克斯坦共和国、巴拿马共和国和韩国等译制播出，向世界传递着中国形象和中国意蕴。有人问我，这部电视剧给你带来了什么启示，我说是一种坚韧的拼搏精神。问我话的人却说，是对财富狂热的追求。

曾几何时，温州人即使挣了钱，也是以“善商”之名享誉海内外。自立自强，不等不靠，敢冒风险，更敢承担责任。几代人的梦想和愿望，充满了传奇色彩。

电视剧《乔家大院》中，乔家也走过西口。塞外的大风吹硬了他们不甘贫困的意志，带着用汗水换来的银子，衣锦还乡，置办了一片设计讲究的庭院建筑。

山西的钱庄票号汇通天下，山西商人的货币经营资本逐步形成，把触角伸向欧洲市场，山西人从陆路口岸与俄开展贸易，真可谓“生意兴隆通四海，财源茂盛达三江”。

我们翻看福建人闯世界的故事，纳闷福建人为什么那么热衷于漂泊异乡。后来，明白了，就是因为福建人强烈地渴望财富，不甘于贫穷。福建人富有冒险精神，这种精神被一首《爱拼才会赢》的歌曲形象地刻画出来。拼和赢，就是他们的开拓精神。

博物馆里收藏的历朝历代的钱币，静静地摆在那里，它们的存在，作为一种文化现象，形成一条不绝如缕的因果链。

为了积蓄足以买房购地的资产，人们选择漂泊。外面的世界很精彩也很无奈，为了生存，为了金钱，有时候会逼迫自己收敛个性、放弃尊严。

每一个漂泊者，都会在漂泊中历经磨难。

但是，走过的路上，每一时期，每一阶段，都会有一个明心见性的精神支柱。这个支柱中充满了路上的感受，从而有了自己对漂泊的定义。

寻找、叩问、提升，凝聚起视角、眼界、思想、感悟、忏悔和反思，追逐着梦想，告别故里，时空的距离改变了，而包含多种情感因素的词汇“漂泊”却深化了它本身的含义，开拓了许多漂泊者看世界的眼界。

外面的世界，最大的诱惑就是：今天的漂泊者或许就是明天的成功者。只要努力了，就有可能改变现有窘境，收获美好的生活。

事实上，背井离乡，最怕的是心灵居无定所；浪迹天涯，最怕的是思想中的迷茫和无缘由的固执；流浪远方，哪里有那么容易。

留影钱币博物馆，回味千百年间的人间百态。

穿梭在钱币世界里，引发诸多人生怀想。钱币收藏是世界上任何一个国家都有的行业，不会消失。“一枚古币改变一生命运”的故事也不会减少。

“时间是你人生的钱币，它是你唯一的钱币，只有你能决定将怎么使用它。要小心，以免其他人替你使用。”这是美国诗人卡尔·桑德堡的名言，有温度，带着一种动人的善意，升华了人们对钱币价值的认知。

八达岭长城是一首长诗

20 世纪 90 年代初，我第一次登长城就是从八达岭长城起步的。

那是一个秋天，风特大，大到上一个台阶都十分吃力。走在前面的人，手里拿一件红色的衣服当作指示旗。可无论怎么走，那红色还在前面很远的地方飘舞。

风，吹不干身上的汗；上一个台阶的豪迈，也替代不了腿脚酸软。

绿色植被稀疏的山，在萧瑟的风中呈现着枫叶的景致。

靠在厚厚的城墙上照相，似乎这就是那时最满足的画面。怀揣四五个胶卷就是一种奢侈，不知不觉中几个胶卷就像打出去的子弹，很快就弹尽粮绝。

回来后，黑白胶卷自己洗印，彩色胶卷送照相馆代洗。

第一个彩色胶卷就是拍的八达岭长城。记得我当时再三问何时能洗出来，人家说最少三天。我依然不走，期待地等在人家照相馆门口，眼巴巴地，不时望向柜台前的女同志。她是看得见我的，所以，她几次往返洗印室，几次邀我进来坐着等。天很凉了，但我的心却被她的态度暖热了。

终于，一摞带着温热气息的照片递到我手里。我一张一张急切地看着，忽然感觉照片里自己的精神状态比当时照相时要好很多。

特地去蓝岛大厦买回一个相册，给每一张照片写了几句话。透着诗意，透着亮丽的心情。其中的一张，被我选中印在了一个白色的瓷杯上。

去年秋天，几个友人相约，又一次出游。从北京延庆区 G6 京藏高速 58 号出口出去，向着八达岭长城进发。

这一次出行的目的，似乎多了一份内涵。因为我忽然感觉到来自长城本身的一种召唤。就是想站在长城上，脚踩着那一块块灰色的青砖，眼望向长城内外的天，就那么豪迈地站立着。

八达岭长城是一首诗。站在长城上想写诗，想抒发情感，想朗诵有关它的诗句:“上下两千里，纵横十万里。”时空为八达岭长城的千年守望写真。

一幅幅长城画面展开，让人想到一个个中国传说和中国故事。

位于延庆区军都山、关沟古道北口的八达岭长城，作为中国古代防御工程万里长城的一个重要组成部分，是明长城的一个隘口。就在这里，八达岭长城成为居庸关的重要前哨。

地势险峻，居高临下，地理环境优越，史称天下九塞之一，是万里长城的精华。自古以来，就是通往山西、内蒙古、张家口的交通要道。

网上流传着一个帖子，据说是北大一个教授写的。题目是“上下五千年，纵横九万里”。评语说，中华文明被北大教授整理得如此清晰。作者诗意地拉开历史大幕：“上天入地五千年，纵横南北九万里。”

他想告诉读者的是：中华文明屹立东方五千年为什么绵延不断？文字、城市式的居住方式、青铜器，被作者一一列为文化成熟的标准。

我们之前读历史了解到，四大文明包括巴比伦文明、埃及文明、印度文明和中华文明。而为什么希腊文明和波斯文明没有被列入四大文明之中呢？理由是缺乏原创性。作者说到了帝国时代。公元前 5 世纪前后，西半球的罗马帝国和东半球的秦汉帝国两大帝国并存。

“秦朝太短，汉朝时间比较长，秦汉帝国，压住了地球的分量。”

这两大帝国有一个共同的敌人：北方蛮族。

中国的野蛮力量叫匈奴。对付匈奴，秦汉帝国有两种方式：秦始皇建造万里长城，汉武帝培养了卫青、霍去病等将军与匈奴打了五十几年的仗。

中国在打匈奴的时候，罗马帝国也遇到了北方蛮族。这个北方蛮族是谁？据说就是被汉武帝打跑的匈奴，跑到西边去了。他们和当地的蛮族联合在一起，经过几代人的努力，把罗马帝国瓦解了。

也有记载说，摧毁罗马帝国的北方蛮族是突厥人。

匈奴是个历史悠久的北方民族，祖居在欧亚大陆的西伯利亚地区。中国古籍中的匈奴是秦汉时称雄中原以北的强大游牧民族，公元前 215 年被逐出黄河河套地区，公元 20 年以后，逐渐消失在中国的古籍中。

突厥是历史上活跃于中亚细亚地区的部族集团统称。540 年，突厥这个词始见于中国史册，此时，匈奴已经消失了三百多年。所以，从祖居和时间线上看，匈奴和突厥应该没有多大关系。

这些历史资料性的记载，都从一个层面说明了一点：地球上两大帝国中的一个灭亡了，欧洲从此进入中世纪，漫漫长夜一千年。

长城恒久不绝的守护，就是一首象征坚韧和信念的长诗。

高度在六米至九米的城墙，充满了中国人民的智慧。这长长久久的存在，有着一种经历万难都不曾衰落的神圣气质。那一刻，会让人产生一种对民族精神的自豪、一种对历史片断的反思。仿佛，城墙上的每一块砖，都曾在某一个漆黑的夜晚，为迎来明日的曙光而吟唱。

长城不在别处，就在这里。可能我们永远也无法参透长城存在的更深远的意义，但它今天依然能够和我们在一起，这本身就是奇迹。

长城可以防御外敌、保卫家国，肯定还有没被挖掘出的细腻动人的传说。两千多年的历史，1300 多里的防御工程，城墙、梯道、垛墙、垛口、台堡、城台、战台……隐藏了多少不为人知的故事。

今天所说的万里长城，多指明代修建的长城。东起鸭绿江，西至嘉峪关。历史上，八达岭长城是护卫居庸关的门户。明代《长安夜话》里有一笔记载："路从此分，四通八达，故名八达岭，是关山最高者。"

古人有"居庸之险，不在关城，而在八达岭"之说，是有缘由的。从八达岭长城到今天的南口，中间是一条 40 里长的峡谷。峡谷中建有居庸关。这条峡谷因此得名关沟，而真正扼住关口的就是八达岭长城。

八达岭长城是有形的长诗。是中华民族一脉相承的智慧结晶。

有人说，时光无形。有人说，时光有形。

以前，听人们讲述八达岭长城的时候，那种凝重骄傲的眼神总是令人神往。

一诵看过去，一读看未来。我怀着丰沛的激情惊叹道：八达岭长城啊，你是和谁一起从古至今站在了这里？对中华民族生死荣辱的忧患，对华夏故土故园的深情眷恋，还有岁月赋予你的力挽狂澜的雄心壮志，你注定就是一首热血奔涌的长诗，将你炙热的表达流淌在山河田野的字里行间……

有一种优美的诗意的厚重感，只有八达岭长城知道。

今天，我站在长城上，在此体味一种无言的感动，已然忘却了是第几次前来重温这首“长诗”了。

美展上只为看一树花开

美展，看什么？

只愿意把艺术看作一种信仰。

抱着开阔的胸怀，我们更愿意行走在安静的空间里，也仿若栖息在我们久远的生命树上。展厅里，那些挂在墙上的作品，摆在展台上的作品，如一树繁花，独自暗香。特别是工笔画，笔法、墨法结合，以笔为骨，以墨当肉，那都是一笔一笔画出来的作品，却逼真得如同照片。

一

美展上，那些深思熟虑、别具匠心的艺术创造，体现了一种内在的和外在的美。每一幅画，好像都带着情绪。长期以来习惯内敛与含蓄，很难让自己表现出张扬的言行，但就在某一幅画前，或许就找到了久违的审美共鸣和心灵相印。

温婉地站在画作前，用心抚摸着一种透明的情怀。

我们能在最低落的时候用最积极的心态矫正自己的方向，靠的就是一种精神上的坚持。有时，可以不用语言表白情绪，只用画笔，饱蘸艳丽的色彩证明旺盛的生命力。

几年前的一个周末，我一个人去中国美术馆看美展。那时，我去得早，展厅里的人很少，反而给了我一个独特的空间。

眼前，一长廊的画作。谁看，都仿佛看见自己正走在画里。

天地悠悠，清新的泥土气息透过画布沁入心底。会不自觉地问：好熟悉，我是属于这里的吗？不知如何表达那一刻纯美的心意。

晴空万里，飞翔在天空中的那只大雁掉队了吗？南飞的路途遥远，孤独的大雁与流云共舞，搏击长空，能用羽翼丈量出归来的行程吗？

灵动的心思和透着自信的独到审美，流露出作者内心深处所有的品格和品位。

延伸画里画外的意义，适时地观察和关注社会与自己生活相关的内容，捕捉美好的时代主题，让期待中的美好更好。

母女相拥，饱含深情地站在海边，那细腻的眼神打动了我。有一种心动叫温暖。在秋风又起的季节，她们的目光注视着我，四周便氤氲着缠绵。纵然说这画面瞬间消失，也会如阳光一样照耀心田。

一条山路上，背柴的小姑娘的背后，跟着一只黑白花的小狗。画外，仿佛能听到她轻轻哼唱的歌声，作者用另一种质朴的美解读着平凡生活中的不平凡。

废弃的旧铁路，被茂盛的野草覆盖，看不到本来面目。这和我曾经写过的大山子东边那条废弃的铁路很相像，枕木是残缺的，每一条都带着伤痕。看着那画面里的轨道，就像当年站在那条旧铁路前的感觉一样，有一种想要挤出城市奔赴广阔天地的迫切向往。

蓝色的大海，性格化的石墙，岩石缝中长出的黄色小花，共同衬托着一只洁白的海鸥。画面里的海鸥就那么一直望着我，如此厚重的凝视，用一种静态的纯情眼神拥抱了我。那一刻，似乎它周边所有的海水充满了我的眼睛。

美术家的画笔涉猎到的美大都是我们生活中舍弃掉的，一旦从他们画笔下看那些美时，我们不再轻易对美说再见了。因为，慢慢地认识到，真正的美包含在富有人性的积极情感中，只要热情地唤起人类共同的情感，就能创造出这样的美。好好地培养这样的美，美就会变成崇高。

从画面上，似乎能听见有人沿着黄河唱着气势磅礴的歌。一位大娘的双手失去了女性的柔美，让人读懂了昔日沧桑的黄土坡。曾经，清贫的日子解密不出这位老人心中的芳华，太过现实的生活让她只知道辛勤劳作。可她纯洁的目光和热情的微笑里，仿佛隐藏着祖辈忙碌生存的故事。

看美展，看的是光线，品的是韵味。在光的中央，千山之情，万水之恋，都聚合在色彩的世界里，有一种想走多远就走多远的意境。

二

五年前，在《人民日报》美编罗雪村老师引荐下，我和赵蘅老师相识。那是在商务印书馆举办的赵老师的作品《四弦琴》新书发布现场。

赵蘅是一位画家、作家，曾就职中国农业电影电视中心从事动画美术设计。油画代表作有《豆油灯》《苹果和叶子》《太阳很足的晌午》《吕霞光画室的早晨》，并出版《拾回的欧洲画页》《下一班火车几点开？》《宪益舅舅的最后十年》等书籍。

虽年已七旬，赵衡老师纯净的目光依然凝聚了一个女性的智慧。纤瘦的她，着一袭素色旗袍，黑色外套，脚上一双布艺靴子。她就坐在那里，端庄优雅，且朴实自然，令她看起来更像从过去年代走来的、带有浓浓书卷气的老式文人。

罗雪村老师是赵蘅老师的好友，他在评价她时说得很形象。他说，赵蘅永远有两支笔，一支写文，一支画画。四弦琴，一直在她心里，不用它都觉得过意不去。赵蘅活在阳光里，仅用这四根弦，她拨出了一种气势。那时，我就想，依这样的气度，若遇到不如意的事和她聊聊，一定都能化解吧。

现场展示了赵蘅老师的部分画作。每一幅画下面都有文字说明。那不是简单的说明，读来分明就是一篇篇短小精致的散文。

观展，就是观美。就在这“观”的过程中，自然而然地享受美的冲击力，潜移默化间就提升了艺术品位。

画作《樱桃树下的春天》，画的是房子前的两棵树。附文描述道：“有幸在 2012 年赴牛津侧记了为舅舅杨宪益、舅妈戴乃迭种植纪念树的活动。发起人子午社特意选了樱桃树苗，地点在逝者的母校莫顿学院校园里。这里典雅幽静，前辈的足迹处处可见。”

子午社是这样评价杨宪益的：杨宪益是中国上世纪著名的文学人物之一，集翻译家、历史学家、学者、诗人、革命家于一身，著译等身。他刚直不阿，思想独立，又幽默诙谐、享乐生活、精通热爱英伦文化，是一个纯粹的绅士。我们希望这一个纪念活动不仅是亲朋好友对杨宪益的缅怀，也会给每一个与会者留下一份感动、一份难忘的记忆。即使你对杨宪益夫妇一无所知，了解他们的非凡人生也会使你的人生更丰富。教堂钟声隔 15 分钟响一次，伴着钟声画画心头涌出一种幸福感。

“橙色树干装点碧绿的叶片，吹来一阵风，叶片发出沙沙声响，像是青春的舅舅、舅妈在谈天说地，或是天上的他们在向大家道谢。”

我的一句“美展上只为看一树花开”就是这么有感而来的。

画画，最终画的是自己。而观画，最终观的也是自己。

三

曾经，去过巴黎和维也纳的美术馆，开阔了眼界，获得了审美熏陶。我想，在一个艺术空间里，千万不要低估自己对艺术的感受力。就像观看美展的那一群群小学生和中学生，他们看展，不一定单纯是接受教育，而是课外生活的一部分内容。

我在美展上每一幅作品的表情里看到了每一个画家的表情。

有质感的画面，平静，充满希望：渔船和赶海人，吊脚楼与现代楼群，古镇的门板与石桥，街道与森林，车队与港口……既有梦想家的情怀，也有隐居者的内敛，暗示着内在的丰富性。

就这样，投入颜色表达的无限空间，体验对无形大美的想象。

就像写一篇随笔，要有感而发才生动。画家们因为山和水赋予他们的灵气，心中涌动着满满的情绪，才会让举着的画笔落在纸上。

有时，这种灵气，不在多少，在瞬间的启示。

一笔柔情，是时光里积攒的记忆。九百年前，苏东坡愿意在小城宜兴终老，之所以在原乡文化中找到一种归属感，是否就是因为那种“想住在画里”的冲动？耕耘自己的菜地，打理自己的果树，住在接地气的老房子里，呼吸着田野上清新的空气，拉长了意味深长的遐想。

画一窗风景，来一场近距离的远行。美展上的作品能达成这样的心愿。我的诗《走在维也纳的时光里》有一句:“一壶咖啡一壶红茶，在维也纳的夜色里，煮出温暖的满杯月光。虔诚的秋天情结化为风衣，古老的画板涂上我衣装的艳丽。街头，凝视也被凝视。静静地，忽然惊觉，我还是愿意用色彩表明心迹……”

这个时候，就觉得缺少一支画笔。无论拍多少照片都无法取代自己对这种感觉的认识。拍照，只是复制。而画画，是思想的延伸。

“在这里，那泥土是我，那光线是我，甚至，那树上的小鸟都是我。”我从视觉上美化了看到的一切，和印象中的风光油画做着对应。那“观”在其中的美妙感觉，就如同收藏起一种细碎的优雅，使原本不精致的画面完整起来。

这也是我常常被昏黄的基调和背景感动的缘由。

在我偏爱的颜色中，就有“昏黄”一色。一张临摹俄罗斯画家萨夫拉索夫绘就的《早春》画面中，那色彩一下子就把我抓住了。梦境中走过无数遍的地方就是这种温暖的颜色。

“美展上只为看一树花开。”看，观，都有收获。美展的张力不走近是感觉不到的。

点墨情韵，扑面诗情，文化无处不在。每一幅画都可能滋养生命的能量。隔着时光，面对画作，生命的力量便穿越层层阻隔，让我倍感久违的美好境界。

“这也是一种情绪，把一个原来就在那里的你，想象成了故乡的我一样的你。”

人定湖公园邂逅欧洲美感

在人定湖公园那片阳光草坪区，有一个生动的画面：绿草坪，明媚阳光，天蓝色衣衫，欢快飞扬的笑脸，背景是依稀可见的欧式庭院。一家三口依偎在一起，微笑着看着前方……

照片洗出来以后，摆放在客厅的桌上，来家串门的人看见就问："你们出国了？这是在哪个国家？"

"什么哪个国家？中国，北京，人定湖公园。"

"这么美的公园我怎么不知道。"

"不知道不代表不存在，赶紧去看看。"

"排到计划里，这周末就去。"

这样的对话，起码发生过三次。

导航到西城区六铺炕街 25 号就能找到人定湖公园。这是一座欧洲风格的园林，庭院韵味浓厚。绿草茵茵，喷泉水景，欧风雕塑，华美的列柱廊……这样的园林空间给人带来一种欧式美感。

电影《甲方乙方》中刘震云和阿依土拉公主约会的地方、以假乱真的欧洲园林就是这里。

“打开一扇西方园林的窗口。”

“假如我们在欧洲。”

“带你有个在北京的罗马假日。”

在这里，欧洲风情一览无余。

每一季，人定湖公园都有不同的景色。特别是那个沉降式广场，周边有几十处喷泉在喷水花，喷泉水景，韵味无穷。

沿着台阶走上来是世界园林史区。伊甸园，在圣经原文含有乐园的意思，意为地上的乐园。伊斯兰庭院、凡尔赛宫园林、意大利台地园以及古典中式三潭印月等园林美景一一呈现。

园中，那沉降式广场是仿照着古罗马的花园修建起来的意大利花园。当初，是谁的创意？把欧洲风情带到了这里，让闹市中有了这一片深藏不凡的清新。

走一趟人定湖公园，如同对已经逝去的欧洲传统生活美学知识的再补充。北京有风景的公园很多，但这里的“景”与众不同。会让你感觉走进了巴尔扎克的小说里，看见了他笔下的欧洲庭院风貌。

是谁把本是向公众免费开放的公园设计成了看上去很私密的地方，给了公众那么多美好的遐想？

经典的欧式设计，让人备感温馨。没想到以为在国外才能看到的艺术元素在人定湖公园也可以感受到。那种感觉，就像用蔬菜和酸奶打成的酱汁上面撒上磨碎的花菜和切成片的黑松露，味道丰富。

公园的迷人诗意，也许来自公园自身的浑然不自知。可在看到它、发现它的那一刻，你就会变成一个小女孩，毫无理由地一路小跑追随着它了。

万花筒里有那么多的彩色碎片，可人定湖公园似乎并不在里面。它的美，是一个整体，拥有明媚城市风光，充满新鲜感时尚魅力，就着月光和虫鸣，给了亲近它的人最美好的逃逸之地。

置身园中，百看不厌的当数那些和雕塑相伴的一草一木组合出的低调安静的美好景致。立定，留影，那背景为“缓慢的美好”埋下了伏笔。在长椅上坐下来，细细读这里的静美，贪婪地享受优美旖旎的自然风景和独特质朴的人文景观。

都说诗意栖居，我觉得，那些留在这里的悠闲脚步，表达出了这个意思。那一地的风景，把所有想象中的美，让微风摇着花草讲了出来。

这里的氛围，让我想起那年我到达捷克的 CK 小镇。

那个小镇沉浸在各种色彩中，所有叫不上名的树木都有各自的颜色，还有古堡古建筑的陈旧古朴，在阳光里闪耀着诗意。

想到了布拉格。

“我就站在布拉格黄昏的广场，在许愿池投下了希望，那群白鸽背对着夕阳，那画面太美我不敢看。”

我的脚每走一步，都仿佛踏着一个音符。那种具有历史感的气息，我太熟悉了。那样的情怀不只是以旅游的名义，更在一定层面上拥抱了一个久远的梦。

原来，一说欧洲，那就是山高水远、道长漫漫。而今，就站在高处，回眸沉降式广场的那一个镜头，一再端详，好似时光流转，把欧洲带回到了眼前，我分明就如同从欧洲的某个庭院的小路上刚刚走过。

在快节奏的城市生活中，人们忙来忙去。夕阳西下时，孩子们放学了，大人孩子聚集在人定湖公园里，释放所有的压力。跑着，跳着，笑着，让疲惫的心能够自由畅想一段时光。

融合在这风景中的人，湖水和欧风气息，还有那个趴在石柱上沉思的小男孩，都让步行在人定湖公园里的我，尽情延伸着自己的所思所想。

我感受到了在北京城市建设的背后，人们流露出的对美好生活的憧憬与渴慕。

就像 1960 年的法国印象派画作，注重的是光与色。光影的层次充满色彩的变化，没有生硬的线条和阴影，有的只是明亮的光线和充满微妙变化的鲜艳色调。

人定湖公园象征着爱意温情，象征着一座城市回馈给百姓的礼物。

设计美，幽静美，不是我的笔所能包容的。阳光炫耀地披挂在每个光顾至此的人的身上，而每个人的脸上又反射出一种回归自然的甜美。

唯美没有尺度。人定湖公园的美能让浮躁了一天的情绪沉淀。

什刹海的·封面·设计

无论周边多么嘈杂，无论来往的人们是否倾情于它，它都是安静的。只有当你站定，坐下来，才能和什刹海对视。它没有奢望你给予赞美，而是单纯地接纳你的亲近。

一人一城

那些年工体的宏大夜晚

某个流光溢彩的演唱会上，旋转的灯光温情脉脉地守护着演唱者和歌迷，无形中制造出一种高度。就像那灯的光束，时而照在身上，时而冲向夜幕中的天际，让人畅想着如何才能抵达自己想要的那种高度。

与一人，踱一城